Orkan über der Elbe

und andere Erzählungen

Helmut Schwarz

Orkan über der Elbe
und andere Erzählungen

Bibliografische Information der Deutschen Nationalbibliothek: Die Deutsche Nationalbibliothek verzeichnet diese Publikation in der Deutschen Nationalbibliografie; detaillierte Bibliografische Daten sind im Internet über http://dnb.d-nb.de abrufbar.

Umschlagfoto von Reinhard Helling

Verlag: BoD · Books on Demand GmbH, In de Tarpen 42, 22848 Norderstedt, bod@bod.de Druck: Libri Plureos GmbH, Friedensallee 273, 22763 Hamburg

ISBN: 978-3-7693-2386-3

Inhalt

Orkan über der Elbe 7

Der Schrei 47

Die Cellistin 83

Der Ausflug 113

Böses Erwachen 149

Glückliche Fügung 187

Der Dialog 221

Die Wilde Möhre 239

Orkan über der Elbe

Das Orkantief Xenon überquerte gerade den Norden Deutschlands. Es war das dritte Sturmtief in jenem Jahr. Die Häufigkeit eine Folge des Klimawandels? Die Vorhersage der Wetterstationen hatte sich bewahrheitet. Mit bis zu hundertzwanzig Stundenkilometern fegte der Nordweststurm von der Nordsee herein und hatte zu einem hohen Wasserstand geführt. Etwa drei Meter über dem normalen Hochwasser war das Elbwasser vor Hamburg gestiegen Die Fluttore waren rechtzeitig geschlossen, die Zufahrten zu den niedrig gelegenen Gebieten für den Fahrzeugverkehr gesperrt worden. Aus den Sturmfluten früherer Jahre hatten die Behörden gelernt und die notwendigen Konsequenzen gezogen. Fußgänger und Radfahrer wollten sich das Ereignis natürlich nicht entgehen lassen und wanderten oder fuhren trotz der Warnung vor den Gefahren durch umstürzende Bäume und herabfallende Äste hinunter zum Elbstrand. Lange hielt sich jedoch kaum jemand in Ufernähe auf Die Wucht des Sturms war so groß, dass man sich kaum auf den Beinen halten konnte. Uferwege und Parkplätze waren bereits teilweise überflutet, dabei sollte der Höhepunkt der Tide erst in gut einer Stunde erreicht sein.

In einer Bootshalle an der Elbe machten die beiden Studenten Dirk und Sven ihre Kajaks flott. Sie vermieden es, das Licht in der Halle anzumachen. Ihr Vorhaben sollte niemanden auf den Plan rufen, der ihr Projekt gefährden könnte. Sie wollten über die Elbe zur Insel Neßsand paddeln - bei der Wetterlage ein äußerst gefährliches Unterfangen. Aber nichts konnte und sollte sie von ihrem Plan abbringen. Sie verstauten ein kleines Zelt in einem Kajak, um ein oder zwei Nächte auf der Elbinsel übernachten zu können, außerdem

8

Proviant und Wasser für zwei Tage, festes Schuhwerk, Taschenlampen, Seenotpistole und zwei aufblasbare Luftmatratzen. Personalausweise, Geld und Corona-Impfpässe verstauten sie in einem Plastikbeutel vorne in einem der Kajaks. Dann zogen sie sich ihre roten Rettungswesten über. Sven schob das Hallentor soweit auf, dass sie mit ihren Booten hindurch kamen. Er vergewisserte sich, dass sich niemand auf der Uferstraße aufhielt und sie beobachten konnte und womöglich die Wasserschutzpolizei oder sonstige Rettungsdienste verständigen würde. „Die Luft ist rein", rief Sven seinem Freund Dirk zu. Beide trugen das erste Kajak den Strand hinunter bis an die Wasserlinie. Dabei hatten sie große Mühe, bei dem Orkan mit dem leichten Boot nicht umgeweht zu werden. Dann holten sie das zweite Kajak aus der Halle, schlossen das Tor und kämpften sich ein zweites Mal hinunter ans Ufer. Der

Schaum der Wellen flog wie Wollbällchen an ihnen vorbei über den Strand. Um so wenig wie möglich der Strömung ausgesetzt zu sein, hatten sie geplant, bei Erreichen des höchsten Wasserstandes um sechzehn Uhr hinüber zur Elbinsel zu paddeln. Zu ihrer Überraschung beobachteten die beiden Studenten jedoch, dass die Fahrwasser-Begrenzungsbojen sich bereits stromabwärts neigten. Der Ebbstrom hatte also wider Erwarten bereits eingesetzt. Sven schrie zu Dirk hinüber: „Wollen wir?" Dieser streckte den Daumen in die Höhe. „Wir müssen auf alle Fälle möglichst nahe zusammenbleiben." Beide stiegen in ihre Kajaks, stießen sich mit ihren Paddeln vom Ufer ab und glitten in den sturmgepeitschten Strom. Sie versuchten auf kürzestem Wege, also senkrecht zur Fließrichtung des Stromes, zur Insel Neßsand zu gelangen. Als sie das Fahrwasser erreichten, merkten sie, mit welch hoher Geschwindigkeit die Wassermassen Richtung Nordwest zur Nordsee strömten. Sie hatten keine Chance, näher an das Ufer der Insel zu kommen. Mit ungeheurer Wucht wurden sie mitgerissen. Um nicht zu kentern, hatten sie ihre beiden Boote in Fließrichtung gebracht. Die Lage der Kajaks stabilisierte sich dadurch, aber die Wellen rollten jetzt direkt auf sie zu und klatschten gegen ihre Boote und ihre Rettungswesten. Das Hauptaugenmerk richteten Sven und Dirk jetzt darauf, möglichst nahe zusammenzubleiben. Steuerbordseitig flogen Wittenbergen, Wedel, Glückstadt förmlich an ihnen vorbei. Die Dunkelheit breitete sich aus. Sie merkten, wie ihre Kräfte schwanden. Stunden waren vergangen. Erst vor den erleuchteten Schleusen des Nordostseekanals und der nahen Elbmündung flaute der Sturm etwas ab. Auch die starke Ebbströmung ließ nach.

Sven und Dirk waren völlig durchnässt. Dirk gelang es, trotz des unvermindert heftigen Wellenganges die Rettungspistole aus dem Vorderteil seines Kajaks hervorzuholen und eine Seenotrakete abzufeuern. Der Kapitän eines Frachters, der gerade aus der Brunsbütteler Schleuse herausfuhr und Richtung Nordsee drehte, erkannte die Lage. Er sah die beiden Studenten, die mit ihren Paddeln und einer Taschenlampe auf sich aufmerksam machten. Der Frachter verlangsamte seine ohnehin geringe Geschwindigkeit. Dann ging alles blitzschnell. Als der Frachter längsseits zu den beiden Paddlern kam, hatten die Matrosen eine Luke auf der Backbordseite geöffnet und hievten mit vereinten Kräften das erste Kajak mit Inhalt, sprich mit Dirk, der noch festgeschnürt in einer Art wasserdichtem Schutzsack in seinem Boot saß, ins Innere des Frachters. Das Gleiche passierte mit Sven und seinem Kajak. Das alles passierte bei sehr rauer See in kürzester Zeit. Sven und Dirk waren gerettet.

Nachdem sich beide etwas erholt hatten, führte sie ein Matrose hinunter zu einer Kabine, in der sie ihre nassen Klamotten ausziehen und Trainingsanzüge anziehen konnten, die der Matrose ihnen übergab. In gebrochenem Englisch schlug er den Beiden vor, sich erst einmal etwas auszuruhen. Sie fielen in einen tiefen langen Schlaf. Dirk erwachte als Erster und weckte seinen Freund. Ihr Kampf gegen die Wellen und das ständige Bemühen, mit ihren Booten möglichst eng beieinander zu bleiben, hatte zur Folge, dass ihre Arme wie Blei an ihren Schultern hingen und ordentlich schmerzten. Bekleidet mit den Trainingsanzügen kletterten sie eine schmale Eisentreppe hinauf zu den oberen Decks des Schiffes. Sie öffneten eine Stahltür und waren zu ihrer Überraschung auf der Brücke des Schiffes angelangt, wo der Kapitän auf einem gemütlichen Ledersessel saß, vor sich zahlreiche Armaturen und Monitore, und mit einer Art Joystick das Schiff auf Kurs hielt. Bei dem starken Seegang keine leichte Aufgabe. Die rot und grün gestrichenen Bojen links und rechts der Fahrrinne in der Elbmündung waren in der aufgewühlten See schwer zu erkennen. Der Kapitän musste sich ganz auf den Radarmonitor verlassen. Ein weiteres Besatzungsmitglied mit einem Fernglas in Reichweite saß neben dem Kapitän. Als sie Sven und Dirk bemerkten, wurden beide freundlich und mit Händeschütteln begrüßt. Der Kapitän telefonierte darauf offensichtlich mit einem Besatzungsmitglied. Ein Matrose geleitete die Beiden hinunter in die Messe, wo der Smutje sie auf Deutsch, genauer auf Bayerisch, begrüßte und Ihnen ein reichhaltiges Frühstück anbot. Er erzählte ihnen, dass er aus Passau käme, mit dem

Wasser groß geworden sei und schon in jungen Jahren auf der Donau und dem Inn herumgeschippert wäre. Beim Abräumen bemerkte er, dass der nächste Hafen und damit die erste Gelegenheit für Dirk und Sven, das Schiff zu verlassen, Bordeaux wäre. Dort würden sie ihre Holzladung löschen und nach Finnland zurückkehren. Sven und Dirk schauten sich überrascht an. Das war der Preis für ihre Rettung.

Der Orkan war inzwischen weiter Richtung Osten gezogen. Bei relativ ruhiger See passierten sie den Ärmelkanal. Im Norden waren die Kreidefelsen von Dover zu erkennen. Um die Bretagne herum ging die Reise dann weiter an der französischen Atlantikküste entlang, bis sie nach fünftägiger Fahrt den breiten Mündungsarm der Gironde erreichten und den Hafen von Bordeaux anliefen. Während der Reise hatten sich Sven und Dirk bemüht, ihrem Landsmann, dem Smutje unter die Arme zu greifen. Von ihm erfuhren sie einiges über Bordeaux und Frankreich. Dirk und Sven hatten sich zwischenzeitlich überlegt, wie sie sich entscheiden sollten: Auf dem Frachter bleiben und die Rückfahrt Richtung Brunsbüttel antreten oder die Gelegenheit nutzen und den Süden Frankreichs kennenlernen. Sie hatten sich für Letzteres entschieden. Vor dem Einlaufen in den Hafen von Bordeaux teilten sie ihren Entschluss dem Kapitän und natürlich auch dem Smutje mit. Sie bedankten sich noch einmal für die Rettung und freundliche Aufnahme an Bord. Der Kapitän wünschte ihnen alles Gute und eine interessante Weiterreise. Der Smutje steckte ihnen noch ein ordentliches Lunchpaket zu. Im Hafen ließen sie ihre Boote zu Wasser, stiegen vom großen Frachtschiff in ihre kleinen Kajaks um und paddelten flussaufwärts. Noch vor Bordeaux teilte sich die Gironde in ihre Quellflüsse Dordogne im Norden und Garonne im Süden auf. In Anlehnung an einen deutschen Merkspruch dichtete Dirk „Wo Dordogne sich und Garonne küssen, sie ihre Namen lassen müssen, und da entsteht aus diesem Kuss, französisch bis zum Meer der Gironde-Fluss." „Aua, Aua", lachte Sven.

Mit ihren beiden Booten passierten sie auf der Garonne die Innenstadt von Bordeaux. Von den Brücken der Stadt wurde ihnen vielfach von Passanten zugewinkt. Am späten Nachmittag erreichten sie einige Kilometer hinter Bordeaux das Örtchen Podensac. An einem Bootssteg, der in den Fluss hineinragte, banden sie ihre Kajaks fest und kletterten eine Holztreppe den Deich hinauf zu einer Terrasse, die zu einem dahinter liegenden Gasthof gehörte. An der Eingangstür zu dem Restaurant las Sven, der über Schulkenntnisse in Französisch verfügte, dass das Restaurant wegen Arbeitskräftemangels vorübergehend geschlossen sei. Als Sven das seinem Freund übersetzte, öffnete sich die Tür und ein Herr begrüßte sie. Er wäre der Wirt und hieße Jacques Ballu. Auch die beiden Paddler stellten sich vor. Monsieur Ballu bat sie, wenn sie Lust hätten, doch auf ein Glas Wein hereinzukommen. Dirk und Sven nahmen die Einladung dankend an. Monsieur Ballu teilte den Beiden mit, dass er sein Lokal wegen der Corona-Pandemie für einige Monate hätte schließen müssen. Während dieser Zeit hätte sein Stammpersonal versucht, andere Jobs zu finden. Jetzt, wo die gesetzlichen Corona-Regelungen gelockert worden wären, hätte er noch keine neuen Kräfte finden können. Dann erzählte er den Beiden, dass sie sich in einem der größten Weinanbaugebiete Europas befänden. Der hier angebaute Bordeaux-Wein oder Bordelais zähle zu den französischen Spitzenweinen. Er schenkte noch einmal nach. Dann fragte er die Beiden, woher und wohin ihre Reise ginge. Als sie ihm erzählten, dass sie noch keinen bestimmten Plan hätten, fragte der Wirt, ob sie nicht Lust hätten, bei ihm einige Wochen in der Küche und beim Servieren zu helfen. Der Laden müsse ja wieder in Schwung kommen. Dann schenkte er noch einmal nach. „Ihr könnt hier übernachten, für Euer leibliches Wohl sorge ich, Kellnerkleidung bekommt ihr auch. Mit dem Lohn werdet ihr zufrieden sein." Dirk und Sven überlegten kurz, dachten dabei auch an ihre finanzielle Lage und fragten, wann es losgehen solle. Monsieur Ballu entgegnete, „Wir fahren morgen zum Markt nach Bordeaux, kaufen alles Erforderliche ein, stellen Tische und Stühle auf die Terrasse, ziehen die Tricolor hoch und Ihr werdet sehen, wie das Geschäft läuft. Bei dem schönen Vorfrühlingswetter warten die Einheimischen und Bootstouristen schon auf die Wiedereröffnung." Inzwischen hatte sich auch Madame Ballu zu ihnen gesetzt. „Gut", sagte Dirk. „etwa vier Wochen haben wir Zeit, wir helfen Euch." Die Wirtsleute waren sehr erfreut über die Entscheidung und stießen noch einmal mit dem edlen Bordelais an. Dirk und Sven konnten die Nacht gut schlafen.

Am nächsten Morgen fuhr der Wirt mit Dirk zum Markt zum Einkaufen. Dirk war überrascht von dem lebhaften Treiben. Es wurde gelacht, geschwätzt und gehandelt. „Südländische Atmosphäre", dachte er. Sven dagegen hatte etwas verschlafen und half Madame beim Aufklaren. Sie telefonierte mit dem Bäcker und bestellte Bier bei einem Großhändler. Danach schrieb sie auf einer uralten Schreibmaschine die noch etwas kurze Speisekarte, verteilte sie auf den Tischen und hängte sie auch im Eingangsbereich auf. Am Mittag waren die Tiefkühlboxen bis zum Rand gefüllt. Es konnte losgehen.

20

Die hochgezogene Tricolore hatte es verkündet: Das Restaurant ist wieder geöffnet! Die ersten Einheimischen schauten herein, begrüßten die Wirtsleute und umgekehrt. Monsieur Ballu wurde nach den ersten Bestellungen am Kochherd aktiv. Dirk half in der Küche, wo er konnte. In seiner Hamburger WG hatte er möglichst einen weiten Bogen um diese gemacht. Madame Ballu nahm die Bestellungen auf, Sven servierte die fertigen Gerichte, räumte später wieder ab und kassierte. Eine gute Arbeitsteilung. Am nächsten Tag wechselten die Studenten ihre Positionen. Auf diese Weise lernten sie nicht nur die französische Küche und die Zubereitung der Speisen kennen, sondern kamen beim Servieren auch mit den Gästen ins Gespräch. Ihre Sprachkenntnisse wurden dadurch täglich bereichert. Irgendwie hatten sie Spaß an ihrer Arbeit gefunden, auch wenn die Arbeitszeit manchmal bis in die Nacht reichte. Am ersten arbeitsfreien Montag fuhren Dirk und Sven mit dem Bus nach Bordeaux und bummelten durch die Altstadt, wo viele Boutiquen, kleine Restaurants und Bars für ein abwechslungsreiches Bild sorgten. Sie kauften sich einige Wäsche- und Kleidungsstücke sowie zwei Sporttaschen, die sie in den nächsten Wochen benötigen würden.

So vergingen die Tage. Zwischendurch saßen Dirk und Sven manchmal mit den Wirtsleuten zusammen und erfuhren dabei viel über das Leben in dieser Region. Nach sechs Wochen fassten sie den Entschluss weiterzuziehen. Die Wirtsleute hatten damit gerechnet. Bei Ihnen waren glücklicherweise inzwischen auch der Eine oder Andere ihres früheren Stammpersonals vorstellig geworden und hatten nach Wiederaufnahme ihrer ehemaligen Tätigkeit nachgefragt Der Restaurantbetrieb konnte deshalb ohne

Unterbrechung fortgeführt werden. Nach einer feuchtfröhlichen Abschiedsfeier verstauten Dirk und Sven am nächsten Morgen ihre Sachen in ihre Boote und paddelten weiter die Garonne hinauf. Die Strömung war nicht sehr stark, so dass sie flott vorankamen Überall fanden sie Campingplätze oder andere Möglichkeiten, wo sie ihr Zelt aufbauen konnten. In den Restaurants und Cafes am Ufer konnten sie ihren Hunger und Durst stillen. Nach fünfzehn Tagen erreichten sie Toulouse, wo sie mit ihren Kajaks die Garonne, die in südwestlicher Richtung in den Pyrenäen entsprang, verließen und in den Canal du Midi wechselten. Diese bereits im 17. Jahrhundert gebaute 240 Kilometer lange Wasserstraße verbindet das Mittelmeer mit dem Atlantik. Heute dient sie fast ausschließlich touristischen Zwecken. Und sie wird viel genutzt. Vor allem von Hausbooten, die man auf dem Kanal ohne Führerschein fahren darf.

Links und rechts unmittelbar am Kanal liefen Treidelwege, auf denen in früheren Jahre Pferde die Lastkähne zogen. Platanen, Pappeln und Zypressen säumten das Ufer und spendeten wohltuenden Schatten. Immer wieder paddelten sie unter runden, schmalen Steinbrücken hindurch. In den Orten am Kanal luden viele Restaurants zur Einkehr ein. Gäste auf den Hausbooten und Radfahrer auf den Treidelwegen winkten ihnen zu. Es herrschte eine lockere fröhliche Urlaubsstimmung. Für Dirk und Sven war es eine reine Genussfahrt. Keine Strömung behinderte sie. Das Wetter war gut. Überall fanden sie Möglichkeiten, ihr Zelt aufzuschlagen und zu nächtigen. Obwohl es noch Frühling war, roch die Luft nach Gewürzen. Auf der Fahrt Richtung Mittelmeer überquerten sie zwei Flussbrücken und durchfuhren einen Tunnel, der durch einen Bergrücken gebaut worden war. Mehrere Schleusen, darunter eine Schleusenbrücke, unterbrachen ihre Fahrt, Zeit mit anderen Touristen und Einheimischen ins Gespräch zu kommen. Auf halbem Wege zum Mittelmeer erreichten sie die alte Stadt Carcassonne, die auf einem Hügel gelegen mit einer wehrhaften Stadtmauer umgeben war und wie eine große Ritterburg aussah. Nach einer Besichtigung der Altstadt stiegen sie wieder in ihre Kajaks. Nach fünf Tagen erreichten sie den Ètang de Thau, eine Lagune bei Sète. Hier endete der Canal du Midi. Dirk und Sven überquerten diesen 18 km langen, größten See in der Provinz Languedoc, der nur wenige Kilometer nördlich des Mittelmeers liegt, und gelangten auf der Ostseite der Lagune in den Canal du Rhone a Sète. Nach drei weiteren Tagen erreichten sie über diesen zunächst die Kleine Rhone, über die sie bei Arles in den Hauptstrom der Rhone gelangten. Bei der historischen Stadt

Tarascon unweit der am Rhone-Ufer gelegenen Burg fanden sie wieder einen schön gelegenen Zeltplatz. Sie beschlossen, hier eine mehrtägige Pause einzulegen, um die alten Römerstädte Arles, Nimes und Avignon zu besichtigen.

Am nächsten Morgen suchten sie einen Wochenmarkt in der Innenstadt von Tarascon auf. Dort kamen sie mit einem Winzer ins Gespräch, der seine Weine aus seinem oberhalb des Ortes gelegenen Weingut anbot. Der Winzer, der etwas Deutsch sprach, stellte sich mit Monsieur Maurel vor. Er erzählte von den Schwierigkeiten, in dieser Zeit der Corona-Pandemie Personal zu bekommen. Dabei wäre die Arbeit auf dem Weingut interessant und würde auch gut bezahlt. Dirk und Sven kauften bei ihm eine Tüte Äpfel, die der Winzer neben seinem Wein anbot, und zogen sich auf eine Parkbank am Rande des Marktes zurück. Sie hatten in den vergangenen

26

Tagen überlegt, wie ihre Reise weitergehen sollte. Das Sommersemester hatten sie sausen lassen, die nächsten Semesterferien standen unmittelbar bevor. Sie hatten also noch Zeit, ihre Reise etwas zu verlängern. Da ihre finanziellen Mittel langsam zur Neige gingen, meinte Sven „Sollen wir den Winzer nicht fragen, ob wir bei ihm für einige Wochen anheuern können?" „Gute Idee, hätte von mir sein können. Komm!" Sie spazierten zurück zu Monsieur Maurel. Sie hätten bis zu ihrer Rückkehr nach Deutschland noch einige Wochen Zeit und könnten bei ihm arbeiten. Monsieur Maurel war erfreut und sagte „Ihr könnt sofort anfangen. Wo wohnt ihr denn zurzeit?" Sven erzählte ihm, dass sie ihr Zelt nahe der Burg aufgeschlagen und dort auch ihre Boote liegen hätten. Der Winzer war sehr erfreut über ihre Entscheidung, bei ihm arbeiten zu wollen. Sie einigten sich schließlich, dass sie in zwei Tagen bei ihm antreten würden. Die Einigung wurde mit einem kräftigen Handschlag besiegelt. „Bis übermorgen!"

Auf dem Rückweg zu ihrem Zeltplatz meinte Dirk „Und was machen wir mit unseren Booten?" „Die Rhone noch weiter stromaufwärts zu fahren ist lang und anstrengend. Wir sollten unsere Kajaktour hier beenden. Der Heimtransport der Boote mit einem Spediteur dürfte verdammt teuer werden. Deshalb sollten wir versuchen, die Kajaks hier zu verkaufen. Lass uns mal mit dem Platzwart sprechen, ob der eine Idee hat." Auf die Frage, ob er jemanden kenne, der vielleicht Interesse an den Booten haben könnte, antwortete der Platzwart nur „Keine Ahnung".

Da kam ihnen der Zufall zur Hilfe. Stromabwärts fuhr eine Gruppe Kanuten und legte vor dem Zeltplatz einen Stopp ein. Dirk und Sven kamen mit ihnen ins Gespräch. Dirk erzählte von ihrer weiten

Reise, die aber jetzt enden sollte. Sie wollten ihre Kajaks verkaufen. Einer aus der Gruppe zeigte Interesse. Seine Verlobte und er wollten immer schon einmal vom Kanu in einen Kajak umsteigen. Ob er einmal eine kurze Probefahrt machen könnte. Sven holte das Boot, das sie neben ihrem Zelt vertäut hatten, und ließ es zu Wasser. Der interessierte Kanute fuhr ein Stückchen stromaufwärts, wendete und kam zurück. „Wie leicht sich doch solch ein Kajak im Gegensatz zu dem schwereren Kanu bewegen und lenken lässt", bemerkte er begeistert. Über den Kaufpreis für beide Boote wurden sie sich grundsätzlich einig. Allerdings unter einem Vorbehalt: Er müsste noch mit seiner Verlobten sprechen, die in Orange arbeitete. Er telefonierte beim Platzwart und besprach mit ihr das Wann und Wie der Übergabe und kam dann zurück. „Würde es Euch passen, wenn meine Verlobte heute

Nachmittag die Boote abholt?" Sven und Dirk waren einverstanden. Sie waren froh, dass es so schnell geklappt hatte. Mit einem fröhlichen „Gute Reise" verabschiedeten sich die Kanuten und fuhren weiter stromabwärts nach Arles.

Nach dem Mittagessen verstauten Dirk und Sven ihre Sachen zusammen mit dem Zelt in ihren beiden Taschen, die sie noch in Bordeaux gekauft hatten, und warteten auf die Verlobte. Sie erschien mit einem leichten Lieferwagen. Die Kajaks ragten zwar hinten etwas hinaus, so dass die Tür sich nicht ganz schließen ließ, aber die Verlobte meinte „Das geht schon. Ich hab's ja nicht weit." Sie übergab Dirk die vereinbarte Kaufsumme, bedankte sich und fuhr davon. Dirk und Sven waren mit einmal nur noch Fußgänger!

Sie schulterten ihre Rucksäcke und machten sich auf den Weg zum Weingut, zu Monsieur Maurel. Der sandige Weg führte leicht bergan, eingerahmt von

Weinhängen. Sie verschnauften kurz und sahen hinter sich das Rhonetal und das Städtchen Tarascon mit seiner stattlichen Burg. Ein schöner Anblick. Oben angekommen begrüßte sie zuerst schwanzwedelnd ein kleiner Terrier. Auf sein Bellen hin öffnete sich die Tür des Hauptgebäudes. Eine Frau in mittlerem Alter stellte sich mit Madame Maurel vor. Sie bat die Beiden herein, sie hätte sie schon erwartet. Ihr Mann müsste jeden Augenblick heimkehren. Dann bot sie Dirk und Sven ein Glas Traubensaft an. Tat das gut! „Ich wusste gar nicht, dass Traubensaft so gut schmeckt." „Das hängt davon ab, wann und wo man ihn trinkt", meinte die Winzerin lachend. Kurze Zeit später kam auch Monsieur Maurel herein. „Warum sitzt ihr bei dem schönen Wetter hier drinnen? Es ist ein wunderbar milder Abend. Lasst uns draußen Platz nehmen und essen." Madame hatte verstanden. Sie ging in die Küche und bereitete das

Abendessen vor. Die Männer gingen nach draußen und setzten sich an einen großen runden Holztisch. „Ich nehme an, ihr wollt einmal unseren frisch geernteten jungen Wein, den vin bourru, probieren. Ich glaube, in Deutschland nennt man ihn Federweißer". Dann kam Madame Maurel mit Zwiebelkuchen und einem großen Holzbrett mit verschiedenen Käsesorten. Schon beim Anblick lief Dirk und Sven das Wasser im Mund zusammen. Kurz darauf kamen auch die beiden Töchter an den Tisch. Yvonne war achtzehn und Julie sechzehn Jahre alt. Ihr Vater stellte ihnen die beiden jungen Gäste vor und erzählte, dass sie für einige Wochen auf dem Weingut helfen würden. Als dann auch noch ein langjähriger Mitarbeiter, der auch im Gutshaus wohnte, sich dazusetzte, wünschte das Winzerehepaar einen guten Appetit. Man sah allen an, dass es ihnen gut schmeckte. Nach dem Essen bat Monsieur die beiden

Studenten, etwas über ihre bisherige Reise zu erzählen. Vor allem die Mädchen schienen sehr beindruckt. Dann erzählte Monsieur Maurel, dass er in fünfter Generation dieses Weingut bewirtschaftete. Anfang des 20. Jahrhunderts hätte sein Ururgroßvater dieses Anwesen erworben. Monsieur Maurel hatte immer gehofft, dass diese Tradition fortgesetzt werden könnte. Leider sei sein Sohn vor zwei Jahren bei einer Abfahrt vom Mont Ventoux mit dem Fahrrad tödlich verunglückt. Auf einer vereisten Brücke wäre er gegen die Begrenzung einer Steinbrücke geschleudert. Aber sie hätten ja noch ihre Töchter. Nach einem kurzen Schweigen, erzählte er weiter, dass er ja noch nicht zum alten Eisen gehörte und mit Unterstützung seiner tüchtigen Mitarbeiter noch eine ganze Weile weitermachen könnte. Dann sagte er an Dirk und Sven gerichtet: „Wir müssen dringend auf einem bestimmten Abschnitt eines Weinberges Kontroll- und erforderlichenfalls Reparaturarbeiten durchführen. Ihr werdet morgen früh mit Henry – dabei schaute er seinen anwesenden langgedienten Mitarbeiter an – hinauffahren und damit beginnen. Wir sollten deshalb für heute Schluss machen.

Am nächsten Morgen fuhren Henry, Dirk und Sven mit einem kleinen landwirtschaftlichen Vehikel zu dem Weinberg. Henry erklärte den Beiden, was zu tun wäre. An vielen Stellen seien die Rebstöcke durch den letzten Sturm von den Haltedrähten abgerissen worden. Er zeigte den Beiden, wie die Drähte wieder befestigt oder erneuert werden müssten. Das notwenige Werkzeug und eine Rolle Draht hatten sie mitgebracht. „Am besten ist es, wenn jeder sich eine Reihe vornimmt, die Rebstöcke kontrolliert und - wenn nötig - neu befestigt. Wenn Ihr Hilfe braucht, sagt mir Bescheid." Die

Rebstockreihen liefen von oben den Hang hinunter. Es war keine schwere Arbeit, so dass sie gut vorankamen. Lediglich das Stehen und Gehen auf dem abfallenden Gelände machte sich auf Dauer bemerkbar. Zur Mittagszeit verzehrten sie das von Madame Maurel mitgegebene Lunchpaket. Dabei genossen sie nicht nur den Traubensaft, sondern auch den herrlichen Blick über die Weinberge rundherum, auf die im Tal fließende Rhone und das Städtchen Tarascon.

Bei der Rückkehr sagte der Winzer, dass er morgen zum Markt nach Tarascon führe. Dafür müssten noch eine Reihe Weinkartons gepackt und banderoliert und anschließend in den Lieferwagen gepackt werden. „Ich würde mich freuen, wenn ihr mitkommt", sagte er zu Dirk und Sven.

Während des gemeinsamen Abendessens erzählte Monsieur von dem Weinanbau in dieser Region. Im südlichen

Rhonetal, das klimatisch nicht unerheblich vom Mittelmeerklima beeinflusst würde, würden vor allem Rotweine angebaut. Bei den vermarkteten Rotweinen handele sich immer um Verschnitt. Die hier angebaute Hauptrebsorte wäre die Grenache noire, die mit anderen Rebsorten verschnitten würde. In geringerem Umfang würde aber auch Roséwein angebaut. Der größte Teil des Weins im südlichen Rhonetal würde von Genossenschaften vertrieben. Daneben gäbe es immer noch zahlreiche private Weingüter. Dirk und Sven - in ihrer norddeutschen Heimat vorwiegend Biertrinker - wurden langsam Weinexperten. Dirk berichtete dann, dass auch in seiner Heimatstadt Hamburg Wein angebaut würde, und zwar auf einem Hang an der Elbe direkt dem Hafen gegenüber. Der „Stintfang Cuveé" würde aus der roten Sorte Regent und der weißen Phoenix-Traube gewonnen.

„Interessant. Weinanbau im hohen Norden!“ Aber groß könnte die Lese ja wohl nicht sein, meinte Monsieur Maurel. „Na ja“, erwiderte Dirk schmunzelnd „etwa fünfzig Flaschen in guten Jahren kommen schon zusammen. Die sind aber unverkäuflich. Der Senat in Hamburg entscheidet über die Verwendung.“

Am nächsten Morgen starteten Monsieur Maurel, Dirk und Sven um sechs Uhr in der Früh zum Wochenmarkt in Tarascon. Sie bauten den Verkaufsstand auf, stapelten die Weinkartons dahinter und breiteten auf dem Verkaufstisch einige Kilo Äpfel aus, die der Winzer neben seinem Wein anbaute. Mit dem Glockenschlag sieben Uhr konnten die Marktbeschicker ihre Waren, vor allem Obst und Gemüse, aber auch diverse Gewürze verkaufen. Zunächst kamen überwiegend Einheimische vorbei und kauften ein oder zwei Flaschen Wein, einige auch ein paar Äpfel. Kurz nach acht

Uhr hielt am Rande des Marktes ein großer Reisebus aus den Niederlanden. Die Mitreisenden verteilten sich nach und nach über den ganzen Markt. Ein älterer Herr äußerte an Monsieur gewandt den Wunsch, zwei Kartons Rotwein zu kaufen, aber nur, wenn jemand die Kartons zum Bus brächte. Er selbst dürfte nicht mehr schwer tragen. Sven schnappte sich die beiden Kartons und begleitete den Herrn zum Bus. Etwas später kamen immer mehr Holländer an den Stand von Monsieur Maurel und kauften ein. Die meisten bevorzugten Rotwein. Andere dagegen fragten nach Roséwein. Dirk und Sven wurden zu reinen Laufburschen, die die gekauften Kartons zum Bus brachten. Lange vor dem normalen Verkaufsende, hatten sie bereits sämtliche Kartons verkauft. Als sie zurück in ihrem Weingut ankamen, fragte Madame Maurel, ob sie keine Lust mehr gehabt hätten. Ihr Mann lachte: „Dirk und Sven sind Starverkäufer.

Die Beiden haben in kürzester Zeit die gesamte Ware Holländern angedreht, und zwar nicht flaschenweise, sondern fast ausnahmslos kartonweise. Ich glaube, die Holländer sind alle Weinliebhaber oder Säufer." An Dirk und Sven gewandt meinte er, „ Ihr solltet für heute Schluss machen. Ihr seid genug gelaufen. Macht Euch einen schönen Nachmittag." Kurz darauf kamen die Töchter von der Schule. Ihre Mutter erzählte ihnen von dem erfolgreichen Markttag dank der Hilfe durch Dirk und Sven. Dann setzten sich die Fünf an den beliebten Tisch hinter dem Haus. Madame hatte eine Kleinigkeit zum Mittagessen bereitet. Sven erkundigte sich bei Yvonne, nach den Vorbereitungen für das baldige Abitur. Sie lächelte und meinte, im Deutsch-Leistungsfach haperte es noch etwas, worauf Sven ihr anbot, ihr zu helfen. Nach dem Essen fragte sie: „Gehen wir auf mein Zimmer, da hab ich alle Schulsachen?"

Sven folgte ihr. Dirk unterhielt sich derweil mit Madame und Julie über alltägliche Dinge, die hier auf dem Weingut, aber auch unten in Tarascon passierten. Seine Französisch-Kenntnisse wurden von Tag zu Tag besser, wobei Madame Maurel ihn freundlicherweise unterstützte, indem sie ihn häufig korrigierte.

Zum Abendessen versammelten sich wieder alle einschließlich Henry draußen am großen Tisch. Es war ein milder Spätsommerabend, das Essen war wie immer köstlich, der Wein schmeckte und die Stimmung war fröhlich. Yvonne erzählte, dass Sven ihr gut bei den Abiturvorbereitungen geholfen hätte. Etwas verschämt ergriff sie seine Hand. Die anderen merkten bald, die Beiden mochten sich. Sven fragte, was sie denn nach dem Abitur vorhätte. Sie erklärte ihm, dass sie gern in Saarbrücken Deutsch studieren möchte. Sie wollte Lehrerin werden. Sven meinte daraufhin „Warum Saarbrücken, studier doch in Hamburg. Hamburg ist eine wunderschöne Stadt, nicht weit von der Nord- und Ostsee entfernt, mit vielen kulturellen Einrichtungen und einer guten Universität. Und wie ihr die Rhone habt, fließt durch Hamburg die Elbe." Als Dirk und Sven abends ihr Zimmer aufsuchten, stichelte Dirk „Ganz nett, die Yvonne, oder?" Sven musste zugeben „Ja".

So vergingen die Wochen. Am Tage wurde gearbeitet, mal auf dem Weinberg, mal im Lager, mal auf dem Wochenmarkt. Die Mahlzeiten nahmen sie nach wie vor gemeinsam draußen ein. An den arbeitsfreien Wochenenden besichtigten Dirk und Sven die nicht weit entfernt liegenden alten Römerstädte Arles, Nimes und Avignon mit ihren historischen Baudenkmälern. Danach beschlossen sie, sich den Pont du Gard anzuschauen, ein gut erhaltener Aquädukt, über den früher die Stadt Nimes mit Quellwasser versorgt worden war. Yvonne fragte, ob sie mitkommen könnte, sie wäre lange nicht mehr dort gewesen. Zu Dritt spazierten sie über den Aquädukt, der über den Fluss Gard führte. Auf der anderen Seite kletterten sie hinunter an das Ufer des Flusses, von wo aus der Blick auf dieses hochaufragende römische Bauwerk mit seinen imposanten Steinbögen noch gewaltiger aussah. Nach einem kurzen Spaziergang am Ufer entlang fuhren sie schließlich zurück und berichteten auf dem Weingut von ihrem schönen Ausflug.

Beim Abendessen meinte Monsieur Maurel an seinen engsten Mitarbeiter Henry gewandt, dass die diesjährige Weinlese wohl etwas später beginnen würde. Der Mistral, - „Das ist ein kalter heftiger Wind, der von Norden kommend durch das Rhonetal zum Mittelmeer weht", erklärte er nebenbei seinen Gästen – dieser Mistral hätte den Reifeprozess etwas zurückgeworfen. Es würde wohl Anfang September werden, bis sie mit der Lese beginnen könnten. Es wäre ihm bisher nicht gelungen, die früheren Erntehelfer aus Slowenien zu bekommen. Dann fragte er Dirk und Sven, ob sie nicht Lust hätten, an dem nach der Lese stattfindenden Weinfest teilzunehmen. Sven erwiderte, dass sie leider Mitte September die Heimreise antreten möchten. Sie müssten an ihre Zukunft denken und wollten auf alle Fälle mit dem Wintersemester ihr Studium wieder aufnehmen. Die Wirtsleute bedauerten das sehr, hatten aber volles Verständnis für ihre Zukunftsplanung.

Nach weiteren vierzehn Tagen saßen Dirk und Sven ein letztes Mal mit der Winzerfamilie beim Abendessen zusammen. Beide, Madame und Monsieur Maurel, bedankten sich herzlich für die geleistete Arbeit und hilfreiche Unterstützung. „Ihr ward uns liebenswerte Gäste", ergänzte Madame. Yvonne drückte Sven, der neben ihr am Tisch saß, die Hand.

Am nächsten Morgen brachten Monsieur Maurel und Yvonne die beiden Deutschen zur Bahnstation in Avignon. Monsieur Maurel sagte den Beiden „Schaut einmal wieder vorbei. Für Euch ist immer ein Zimmer frei." Als der TGV sich näherte, umarmten sich alle noch einmal, bei Yvonne und Sven flossen einige Tränen, sie hofften auf ein baldiges Wiedersehen. Dann bestiegen Dirk und Sven den Zug, der sie nach Lyon zur Weiterfahrt nach Deutschland bringen sollte.

Nachdem Dirk und Sven eine Zeitlang gedankenversunken und schweigend nebeneinander gesessen waren, meinte Dirk, dass sie doch eine interessante Reise und schöne Zeit verlebt und viel gelernt hätten. Sven bestätigte das und entschuldigte sich bei seinem Freund, dass er ihn in letzter Zeit wohl etwas vernachlässigt hätte. Dirk entgegnete, er hätte sich gefreut, wie gut er und Yvonne sich verstanden hätten. „Ich glaube, ihr seht Euch bald wieder:" „Ich bin mir sicher"entgegnete Sven.

„Aber mal etwas Anderes. Warum wollten wir eigentlich zur Insel Neßsand?" Dirk schmunzelte. Die Frage blieb unbeantwortet.

Der Schrei

Es war ein kalter, aber wunderschöner Sonntagmorgen Ende März. Keine Wolke war am blauen Himmel zu entdecken. Die Sonne war hinter der Bergkette empor-geklettert und erleuchtete jetzt das ganze Auerbachtal. Mittendrin lag das kleine Bergdorf Ramos, das über eine kurvenreiche Bergstraße vom Nurgtal aus zu erreichen war. Die hübsche kleine Kirche mit der Zwiebelhaube war der ganze Stolz der Bewohner. Ein Teil der gut dreihundert Einwohner zählenden Gemeinde hatte den Kirchgang bereits hinter sich. Die meist älteren Männer strebten dem alten Gasthof mit seiner großen hölzernen Veranda zu. Der Stammtisch wartete. Die Frauen unterhielten sich noch eine Weile auf der einzigen Straße des Ortes und gingen dann zu ihren Häusern. In einigen neueren Häusern waren trotz der schon fortgeschrittenen Tageszeit die Jalousien hinuntergelassen. Es waren überwiegend Häuser, die sich Fremde aus Deutschland und den Niederlanden im Laufe der letzten Jahre hatten bauen lassen, welche die meiste Zeit unbewohnt waren und lediglich für einige Wochen in den Winter- und Sommerferien selbst genutzt oder vermietet wurden. Kein schöner Anblick in dem sonst so idyllischen Ort. Die einzige Möglichkeit Wintersport zu treiben, bestand darin, einen Schlepplift an einem etwa hundert Meter hohen Hang am Ortsausgang zu benutzen. Ein idealer Einstieg für Kinder und Anfänger, aber wenig attraktiv für fortgeschrittene Skiläufer. Im Sommer boten sich zwei Alpenvereinshütten als Ziele für ausgedehnte Wanderungen an. Die Gäste wohnten entweder in Privatpensionen oder in dem großen, den Ort geradezu beherrschenden Hotel Ramoser Hof. Wegen der unsicheren Schneelage waren jetzt Ende März nur noch wenige Gäste anwesend. Im Hotel wohnten noch zwei Familien mit ihren Kindern, ein älteres Ehepaar sowie eine Ärztin, die sich hier für einige Tage entspannen wollte. An den Werktagen traf man sich ab zehn Uhr am Lift. Die Eltern begutachteten die Fortschritte ihrer Kinder beim Skikurs. Dazwischen tummelten sich einige erwachsene Anfänger, die sich aber ungleich schwerer taten als die Kinder. Die nicht skilaufenden Gäste wanderten zur Auerbachhütte hinauf oder, wenn die Kondition dafür nicht ausreichte, spazierten zu einem etwas oberhalb des Ortes gelegenen Restaurant & Cafe oder setzten sich auf eine der zahlreichen Bänke am Skihang und genossen einfach die Sonne und die saubere Bergluft. Ramos war ein Ort zum Erholen und Abschalten, ohne Autoverkehr, ohne Aprés Ski und ohne ruhestörendes Nachtleben. Die in dem Hotel wohnenden

Erwachsenen trafen sich nach dem Abendessen, nachdem sie ihre Kinder ins Bett gebracht hatten. im gemütlichen „Stüberl". Man unterhielt sich über dies und jenes und genoss den geruhsamen Abend. Auch der Wirt und Chef des Hotels, Willy Schwab, setzte sich mitunter zu seinen Gästen und erzählte über Neuigkeiten aus dem Dorf. Sein Projekt, einen Lift auf den südlich des Ortes gelegenen Bergrücken zu einer Hochalm zu bauen, war gescheitert. Er bedauerte das außerordentlich, lag in der Realisierung dieses Bauvorhabens seiner Meinung nach doch die einzige Chance, die Skisaison in dem Ort zu verlängern und den Tourismus weiter anzukurbeln. Bei dem deutlich spürbaren Klimawandel und der damit verbundenen frühen Schneeschmelze hätte der Ort auf Dauer keine Überlebenschance als Wintersportort. Aber die Gemeindevertretung hatte mit Hinweis auf die zahlreichen anderen Orte im Nurgtal, die über hoch gelegene und schneesichere Skiregionen verfügten, und auf den speziellen Charakter von Ramos als Erholungsort, die Erschließung eines neuen Skigebietes abgelehnt. Von den anwesenden Gästen wurde das Für und Wider natürlich heiß diskutiert. Letztendlich war man sich jedoch einig, dass Ramos, so wie der Ort jetzt war, einzigartig und so erhaltenswert bleiben solle. Sie fühlten sich allesamt sehr wohl dort.

An diesem Sonntagabend im „Stüberl" verabschiedete sich als Erste Frau Dr. Ohlrogge. Sie wollte noch einmal kurz die Nase in den Wind halten und dann schlafen gehen. Kurz vor Mitternacht und nach dem Genuss einiger Getränke löste sich die Runde der übrigen Gäste auf. Alle verspürten die einsetzende Müdigkeit und freuten sich auf die Bettruhe.

Am frühen Montagmorgen wurden die Hotelgäste plötzlich von einem lauten

Schrei geweckt. Es war kurz vor sechs Uhr, als eine Reinigungskraft begonnen hatte, das Restaurant und die Flure zu säubern. Dabei fiel ihr auf, dass die Tür zu einem Apartment halb offen stand. In der Annahme, dass die Gäste vielleicht sehr früh abgereist seien, betrat sie das Zimmer und sah auf dem Fußboden des Waschraums eine Frau liegen. Sie schrie vor Schreck und lief hinunter zu der Wohnung der Wirtsleute. Als der Hotelchef auf ihr Klopfen die Tür öffnete und seine Angestellte ihm mit zitternder Stimme das Vorgefallene berichtete und an zu weinen anfing, gab er ihr zu verstehen, leise zu sein. Willy Schwab, der Hotelier, zog sich hastig an und eilte mit ihr hinauf zu dem Apartment. Als früherer Rettungssanitäter beim Bundesheer konnte er schnell feststellen, dass die Ärztin tot war. Er verschloss das Zimmer, ermahnte die Reinigungskraft, über den Vorfall Stillschweigen zu bewahren und wie gewohnt ihrer Arbeit nachzugehen. Der Hotelier versuchte zunächst, die Gendarmerie unten im Nurgtal zu erreichen. Vergeblich. Es war schließlich noch keine sieben Uhr. Aber auch einige Zeit später war die Telefonleitung unterbrochen. Er wandte sich daher an seinen Onkel Aloys Schwab, den Leiter der Skischule, der über Funk eine Verbindung ins Tal zur dortigen Zentrale der Bergrettung in Längsacker aufbauen konnte. Es meldete sich Franz Leitenbauer, Leiter der Bergrettung. Aloys schilderte ihm das Vorgefallene und auch, dass es momentan keine telefonische Verbindung ins Tal gäbe. „Kein Wunder", sagte Franz „weißt Du denn noch nicht, dass „Emma" (so nannten die Einwohner von Ramos die große Lawine, die in jedem Frühling zu Tal stürzte und schon viel Schaden an der Bergstraße zwischen dem Nurgtal und Ramos angerichtet hatte) heute früh in Zwischenwasser heruntergekommen ist? Nicht nur die Telefonleitung ist heruntergerissen und getrennt worden, die Lawine ist über die Straße hinuntergegangen und hat die Fahrbahn auf etwa fünfzig Meter Länge meterhoch unter sich begraben. Die Zufahrt ist also total versperrt. Die Räumungsfahrzeuge sind aber bereits von Längsacker aufgebrochen und werden in Kürze mit den Räumungsarbeiten beginnen. Wie lange alles dauert, lässt sich schwer abschätzen, weil wir noch nicht wissen, wie stabil die Lawine ist und wie viel Felsgestein und Geröll in ihr steckt. Aber nun zu Deiner Toten. Ich werd´ mich mit der Bergrettung in Gims in Verbindung setzen, dass sie einen Hubschrauber mit einem Notarzt zu Euch hinauf schicken."

„Noch eins, Franz" sagte Aloys „die Tote ist möglichweise nicht eines natürlichen Todes gestorben. Um keine Spuren zu verwischen, hat der Hotelier das

Apartment der Toten verschlossen. Da ich keine telefonische Verbindung zur Gendarmerie aufnehmen kann, setz' Du Dich doch bitte mit der Polizei in Verbindung, dass sie die Mordkommission und die Spurensicherung verständigt."

Nachdem das Frühstück für die Gäste im Ramoser Hof serviert worden war, der Platz, den die Ärztin normalerweise einnahm, aber leer blieb, trat Willy Schwab zu den Gästen und berichtete, dass die Ärztin letzte Nacht gestorben sei. Über die Todesursache könne er natürlich nichts sagen. Ein Notarzt sei auf dem Wege. Die Gäste waren sehr betroffen. Da kein Fremder seit dem Niedergang der Lawine am frühen Morgen den Ort verlassen haben konnte, aber auch niemand vom Nurgtal hinauf gekommen sein konnte, musste sich der Mörder, wenn es denn ein Mord war, noch in Ramos aufhalten. War der mutmaßliche

Mörder einer der wenigen Urlaubsgäste oder ein Einheimischer?

Noch vor dem Notarzt landete ein Hubschrauber der Polizei auf dem Parkplatz vor der Skischule. Drei Beamte und ein Hundeführer mit seinem Hund stiegen oder sprangen aus dem Heli. Sie begaben sich zu dem nahegelegenen Hotel, wo sie Willy Schwab begrüßte und in einen separaten Raum des Hotels führte. Oberkommissar Eder stellte sich und seine Kollegen vor und begann dann mit der Befragung. Ein zweiter Beamter protokollierte die Fragen und Aussagen. „Herr Schwab, wann haben Sie Kenntnis von dem Tode ihres Gastes erhalten?" Der Hotelier schilderte, dass ihn am heutigen frühen Morgen seine Hotelangestellte Gaby Eisele geweckt und ihm von dem Unglück berichtet hätte. Er wäre dann mit ihr hinauf zu dem Apartment gegangen, wo er die Ärztin tot aufgefunden hätte. Als früherer Sanitäter beim Bundesheer hätte er den Tod der Frau eindeutig feststellen können. Er hätte dann jedoch, um keine Spuren zu verwischen, das Apartment verlassen und abgeschlossen. Seitdem habe also keine andere Person das Apartment von Frau Dr. Ohlrogge mehr betreten.

„Gut", sagte der Oberkommissar, „dann geleiten Sie uns bitte zu dem Apartment, damit meine Kollegen mit der kriminaltechnischen Untersuchung beginnen können. Wo ist Frau Eisele jetzt, wir müssen sie natürlich auch befragen." Hotelier Schwab erklärte, dass seine Angestellte nach der Entdeckung völlig aufgelöst gewesen sei. Er hätte ihr deshalb empfohlen, sich erst einmal in einem kleinen zurzeit unbewohnten Zimmer, das sie im Dachgeschoss des Hotels hätten, auszuruhen.

Kurze Zeit später hörten sie das Geknatter des Rettungshubschraubers, der ebenfalls vor der Skischule landete.

Der Notarzt Dr. Kröll und seine Assistentin Frau Dr. Moser eilten zum Hotel, wo die Polizeibeamten auf sie gewartet hatten. Nach einer kurzen Begrüßung ging Herr Schwab mit den Beamten und Notärzten zum zweiten Stock und öffnete das Apartment der Toten. Der Oberkommissar meinte „Es ist wohl am sinnvollsten, wenn Sie, Herr Dr. Kröll, zunächst einmal, sofern hier möglich, die Todesursache feststellen. Wir bleiben bis Sie Ihre Arbeit erledigt haben hier auf dem Flur." Dann wandte er sich an den Hotelier. „Herr Schwab, können Sie Ihre Gäste bitten, das Hotel vorerst nicht zu verlassen. Wir müssen jeden von ihnen befragen. Das gilt auch für das Personal in Ihrem Hause." Herr Schwab ging hinunter zur Rezeption, wo es sich der Hundeführer mit seinem Hund gemütlich gemacht hatte, und wies seine Rezeptionistin an, die Gäste, die noch im Restaurant saßen und über den Vorfall diskutierten, entsprechend zu unterrichten. Auch die übrigen Hotelangestellten möge Sie informieren. Bis die Polizisten ihre Arbeit beendet hätten, gelte Ausgangssperre!

Dr. Kröll hatte zwischenzeitlich zusammen mit seiner Assistentin festgestellt, dass Frau Dr. Ohlrogge möglicherweise gewürgt worden war. Die Hämatome deuteten darauf hin. Sie war möglicherweise erstickt. Ob noch weitere Verletzungen als Todesursache in Frage kämen, konnte natürlich nicht hier vor Ort, sondern erst durch eine gerichtsmedizinische Untersuchung in Innsbruck festgestellt werden. Frau Dr. Moser hatte noch einige DNA-Proben sichergestellt, die für die polizeilichen Untersuchungen hilfreich sein könnten. Sie würde diese Proben in das Uni-Klinikum in Innsbruck mitnehmen. Damit war die Arbeit aus medizinischer Sicht erledigt. Sie verabschiedeten sich und wünschten den Polizeibeamten viel Erfolg bei ihren Ermittlungen.

Oberkommissar Eder wandte sich an den Hotelier „Ich meine, wir sollten für die Befragung den Raum nehmen, in dem wir vorhin zusammensaßen. Das Apartment schließen Sie bitte wieder zu, bis die Kriminaltechniker kommen." Sie begaben sich nach unten in den kleinen Sitzungsraum. Herr Schwab ließ einige Getränke kommen. „Mit wem wollen Sie beginnen?" „Fangen wir mit dem älteren Ehepaar an", entgegnete der Kommissar. Herr Schwab ging in den Frühstücksraum, in dem jetzt die drei Ehepaare zusammensaßen.

„Herr und Frau Braun, würden Sie bitte zur Befragung mitkommen?" Das Ehepaar stellte sich den Polizisten vor. Herr Braun erzählte, dass er während seiner Studienzeit einmal einen zehntägigen Urlaub hier in Ramos verbracht habe und den ersten Skikurs besucht hätte. „Ist

60

schon einige Jahrzehnte her." Nun wollte er zusammen mit seiner Frau alte Erinnerungen auffrischen. „Ein wunderschöner und erholsamer Ort!"

„Wie verlief der gestrige Sonntag? Was haben Sie unternommen?" bremste ihn Kommissar Eder. „Vormittags haben wir einen Spazierweg zum Skihang gemacht, sind dann zum Mittagessen zurück ins Hotel gegangen – wir haben Vollpension - und haben Mittag gegessen." „Waren die anderen Hotelgäste auch anwesend?" wollte Herr Eder wissen. „Ja", bestätigten beide. „bis auf Frau Dr. Ohlrogge." Nach dem Essen hätten sie sich eine Weile zum Schlafen hingelegt und anschließend bis zum Abendessen in ihrem Apartment gelesen. Dann erzählte Herr Braun dem Beamten, dass Frau Dr. Ohlrogge Lungenfachärztin sei, gewesen sei, verbesserte er sich. Sie hätte vor vier Jahren ihren Mann bei einem Verkehrsunfall verloren. Im Sommer 2019 wäre dann auch ihr sechsjähriger Sohn gestorben, an Corona. Es gab ja damals noch keine Medikamente und Impfstoffe. „Glauben Sie mir, es gibt nichts Schlimmeres, als sein Kind sterben zu sehen", hätte sie ihm einmal gesagt. Sie wäre in einem Klinikum in Hamburg tätig. Manchmal hätte sie zwölf Stunden ohne längere Pausen auf der Intensivstation gearbeitet. „Ich musste einfach versuchen zu helfen", hätte sie ihm gesagt. Jetzt wäre sie aber körperlich und seelisch so down gewesen, dass sie unbedingt eine kurze Auszeit nehmen müsste. „Und wie ging es weiter?", fragte der Beamte Herrn Braun. „Kurz vor sieben Uhr sind wir zum Abendessen ins Restaurant gegangen. Auch Frau Dr. Ohlrogge saß mit uns am Tisch und hat das Abendessen eingenommen, sich dann aber bald verabschiedet. Sie wollte noch kurz die Nase in den Wind stecken, wie sie sagte, und sich dann zur Ruhe begeben. Sie wäre von dem langen Fußmarsch zur Auerbachhütte und zurück müde. „Wie lange haben sie sich im Restaurant aufgehalten?“ „Wir haben uns nach dem Essen ins „Stüberl“ begeben, wo wir mit den anderen Gästen bis kurz vor Mitternacht geblieben sind. Danach wären sie zu ihrem Apartment gegangen und erst am frühen Morgen durch den Schrei der Hotelangestellten aufgeschreckt worden. „Während der Nacht ist Ihnen nichts aufgefallen?“ wollte der Kommissar wissen. „Nein“, entgegneten beide Gäste. Sie hätten Gott sei Dank noch einen guten Schlaf. Der Kommissar bedankte sich für die Zeit, die sie für die Befragung opfern mussten und wünschte ihnen trotz allem noch einen erholsamen Urlaub.

Dann bat er das Ehepaar Mehnert herein. Das Ehepaar hatte am Vormittag ihre beiden Kinder zum Skihang begleitet. Es fand zwar kein Skikurs statt, aber der

Schlepplift lief. Die Kinder konnten sich richtig austoben. Rauf und runter. Nonstopp. Es war schwierig, die Kinder zum Mittagessen zu bewegen. Auch nach dem Essen wollten sie wieder zum Lift. Erst gegen sechs Uhr wären sie dann zum Hotel zurückgekehrt und etwa um sieben Uhr zum Abendessen hinunter ins Restaurant gegangen. Nach dem Essen hätten sie die Kinder nach oben in ihr Apartment gebracht. Sie schienen auch rechtschaffen müde gewesen zu sein. Dann hätten sie sich wie in den letzten Tagen auch mit den anderen Hausgästen im „Stüberl" getroffen. Sie hätten sich gewundert, dass Frau Ohlrogge zwar beim Essen, aber nicht mehr im Stüberl dabei war. Vielleicht ging es ihr nicht gut. „Ist Ihnen während der Nacht etwas Auffälliges in Erinnerung?" wollte der Kommissar wissen. Beide Gäste verneinten.

Als letzte wurde dann das Ehepaar Schumacher gebeten. Auch diese Befragung verlief für die Tatermittlung ergebnislos. Der Hotelier geleitete sie nach draußen und wünschte ihnen einen schönen Urlaubstag. Dann kehrte er zu den Polizeibeamten zurück. „Herr Schwab", fragte der Kommissar den Hotelier. „Wie verlief denn *Ihr* Sonntag?" Herr Schwab schien zunächst etwas irritiert, fasste sich aber schnell. „Bis zu dem jähen Erwachen heute früh eigentlich wie immer. Meine Frau und ich waren vormittags in der Kirche. Ich hab mich davon überzeugt, dass die Apartments gemacht worden sind. Meine Frau hat wie jeden Tag die Blumen versorgt. Ich habe mich dann um die Zubereitung des Mittagessens gekümmert. Ach ja, gestern Abend habe ich einem Handwerker, der unsere Heizungsanlage gewartet hatte, noch die Auftragsbestätigung unterschrieben. Weil sich die Arbeiten bis in den Abend hineinzogen, hat er bei uns in einem kleinen Dachzimmer übernachtet. Er ist heute sehr früh heimgefahren. „Übernachtet ihr Personal auch in ihrem Hotel?" wollte der Kommissar wissen. Die beiden Zimmermädchen, d.h. im Augenblick wegen der geringen Auslastung des Hotels nur die Heidi, wohnten bei ihren Eltern hier in Ramos, auch die Rezeptionistin wohnte zusammen mit ihrem Mann hier im Ort. Das Gleiche galt für den Kellner. Unser Koch kommt von unten aus Längsacker jeden Tag herauf. Seit letztem Donnerstag wäre er jedoch wegen eines positiv ausgefallenen Corona-Tests für zehn Tage in Quarantäne. „Deshalb stehe ich jetzt wieder in der Küche", lachte der Hotelier. „Weitere Personen sind also zurzeit nicht im Haus?" Der Hotelier verneinte. „Noch eine Frage: Haben Sie Frau Dr. Ohlrogge während ihres Aufenthalts hier in Ramos in ihrem Hotel oder auch draußen in Begleitung einer fremden Person gesehen?" Auch diese Frage verneinte der Hotelier. „Ich bin die meiste Zeit im Büro oder in der Küche, bekomme folglich nicht alles im Hotel und Restaurant oder außerhalb mit." „Geben Sie mir doch bitte den Namen und die Anschrift des Handwerkers, der bei Ihnen war. Ich werde dann den Beamten mit dem Suchhund bitten, die Spuren von dem Zimmer des Handwerkers zu verfolgen."

Der Beamte wurde von dem Hotelier zu dem Zimmer geführt, das der Handwerker benutzt hatte. „Schließen Sie bitte die Tür auf", bat der Beamte. Er führte den Hund ein paarmal kreuz und quer durch das noch nicht gemachte Zimmer und dann auf den Flur. Der Hund lief zum Treppenabgang und im zweiten Stockwerk sowohl zur Tür der Getöteten als auch zu der des älteren Ehepaares, dann weiter die Treppe hinunter in die

Kellerräume. Der Hund schien völlig verunsichert zu sein. „Er hilft sonst bei der Lawinensuche", sagte der Hundeführer. Auf dem Parkplatz vor dem Hotel, fing der Hund an zu bellen. Er schien eine Spur aufgenommen zu haben und verfolgte diese bis zur Mauer um den Parkplatz. „Hier stand der Wagen des Handwerkes", sagte der Hotelier. Aber was für Schlüsse sollte die Polizei daraus ziehen? Oberkommissar Eder wandte sich wieder dem Hotelier zu. „Wir können im Augenblick nicht mehr tun. Wir müssen die Ergebnisse der Spurensicherung und gerichtsmedizinischen Untersuchungen abwarten. Sobald die Straße hinunter ins Nurgtal wieder frei ist, werden wir veranlassen, dass die Tote abgeholt und zur Gerichtsmedizin nach Innsbruck gebracht wird. Haben Sie Kenntnisse über Angehörige oder Bekannte der Toten?" Herr Schwab verneinte. „Sie erzählte mir bei der Anmeldung beiläufig, dass sie in einem Klinikum in Hamburg als Intensivmedizinerin arbeitet. Vielleicht kann man dort mehr über sie und etwaige Angehörigen erfahren." „Okay. Wir werden das recherchieren. Können Sie die Kleidungsstücke und sonstigen Gegenstände der Verstorbenen für einige Tage sicherstellen?" „Aber klar", entgegnete der Hotelier. „Die Wintersaison ist ohnehin zu Ende. Das Apartment wird erst im Juni wieder vermietet."

Am späten Montagvormittag war die kurvenreiche Straße vom Nurgtal hinauf nach Ramos wieder frei. Ein Schaufelradbagger hatte eine etwa drei Meter breite Schneise durch die Lawine geschaufelt Es war eine harte Arbeit gewesen. Mit der Lawine waren Baumstämme und Gesteinsbrocken hinuntergekommen. Aber jetzt können kleinere Fahrzeuge wieder fahren. Mehr als dreieinhalb Meter türmten sich

Schneemassen beiderseits der Fahrbahn in die Höhe. Gegen Mittag erreichten die Beamten vom kriminaltechnischen Dienst Ramos. Vor dem Hotel wurden sie von Oberkommissar Eder begrüßt und in das Geschehen eingewiesen. Der Hotelier schloss ihnen das Apartment der Ärztin auf, und die Beamten konnten mit der Arbeit beginnen. Sie stellten schnell fest, dass alle wesentlichen Dinge wie Schlüssel, Portemonnaie, Ausweispapiere und auch Schmuck vorhanden waren. Ein Raubmord konnte also mit ziemlicher Sicherheit ausgeschlossen werden. Es wurden Fingerabdrücke von Tür- und Schrankgriffen, Wassergläsern und den Armaturen genommen. Nach einer Stunde hatten sie ihre Arbeit erledigt. Kurz darauf kam ein Rettungswagen der Feuerwehr aus Längsacker. Die Getötete wurde in einem Zinksarg in die Uni Innsbruck zur endgültigen Feststellung der Todesursache gebracht. Die

70

Kriminaltechniker begaben sich auf den Heimweg.

Auch drei der vier Beamten, die die Befragungen im Hotel durchgeführt hatten, verabschiedeten sich, bestiegen wieder den Hubschrauber, um den sich inzwischen die halbe Dorfjugend versammelt hatte, und schwebten davon. Der vierte Beamte, Hauptkommissar Leitner, blieb noch in Ramos, um weitere Befragungen und Untersuchungen durchzuführen. Leitner traf im Hotel noch einmal das ältere Ehepaar Braun. „Haben Sie noch einen Moment Zeit?" fragte Leitner. „Wie kann ich Ihnen helfen?" entgegnete der ältere Herr. „Haben Sie am gestrigen Abend beim Essen zufällig erfahren, was Frau Ohlrogge an dem Sonntag unternommen hatte, sie läuft ja wohl nicht Ski." „Ja", entgegnete der ältere Herr, „sie ist zur Auerbachhütte hinauf gewandert. Für den Aufstieg benötigt man gut zwei Stunden. Mit einem jüngeren Mann, mit dem sie in der Hütte ins Gespräch gekommen sei, wäre sie dann am Nachmittag zurückgewandert. Woher der Mann käme, hatte sie nicht erwähnt." „Interessant". erwiderte der Kommissar. Er erkundigte sich dann bei dem Hotelier, ob es in Ramos ein Touristenbüro oder Ähnliches gäbe, wo man Zimmer mieten könne. „Freilich", antwortete Herr Schwab. „Neben der Skischule." Der Kommissar begab sich dorthin und fragte eine Bedienstete, ob sie von einem jüngeren Mann wüsste, der vor Kurzem in einer Privatpension ein Zimmer oder eine Wohnung nachgefragt hätte. „Ja", sagte die Tourist-Angestellte." Ich habe ihm die Pension Hofer neben dem Hotel vorgeschlagen. Fragen Sie doch dort einmal, ob er da noch wohnt." Hauptkommissar Leitner ging zu der genannten Pension. Er stellte sich vor und dass er in einem Todesfall im Hotel

Ramoser Hof ermittle. Die Pensionswirtin erzählte, dass der junge Mann am Sonntagabend ausgegangen sei, dann in der Nacht noch einmal kurz wiedergekommen sei, ihr die vereinbarte Miete hinterlegt hätte und dann sehr zeitig mit seinem Rucksack und einer Reisetasche eilig fortgegangen sei. Wohin wüsste sie nicht. Er hätte ja kein Auto dabei gehabt und nachts führen auch keine Taxis. Ihr wäre die frühzeitige Abreise merkwürdig vorgekommen. Erzählt hätte er davon vorher nichts.

„Interessant" sagte der Kommissar. „Haben Sie das Zimmer bereits gereinigt?" Die Pensionswirtin entschuldigte sich, dass sie dafür am heutigen Morgen noch gar keine Zeit gehabt hätte. „Können Sie mir das Zimmer einmal zeigen?" Die Wirtin führte ihn nach oben. „Von dem Zahnputzglas würde ich gern die Fingerabdrücke sicherstellen." Er nahm eine Art Tesafilm aus einem kleinen Plastikumschlag, umwickelte damit das Glas und steckte den Film wieder in den Umschlag. „So, das hätten wir." Der Kommissar bedankte sich und begab sich wieder ins Hotel.

Am Abend bekam der Hotelier einen Anruf von dem Chef des bei ihm tätig gewesenen Handwerkers: Sein Mitarbeiter sei heute nicht zur Arbeit erschienen. Auch das Firmenauto stände nicht auf dem Werksgelände. Ob die Wartungsarbeiten im Hotel sich verzögert hätten? Der Hotelier erzählte ihm, dass sein Mitarbeiter am Montag sehr früh hätte abreisen wollen. Sein Auto stände auch nicht mehr vor dem Hotel. Hauptkommissar Leitner fasste die bisherigen Ergebnisse gedanklich zusammen: Die Hotelgäste kamen mutmaßlich als potentielle Mörder nicht in Frage. Das Gleiche galt auch für das Hotelpersonal. Als mögliche Verdächtige blieben der Handwerker und der junge

Mann aus der Pension nebenan. Wo steckte der Handwerker? Und wo war der junge Mann geblieben? War er am späten Abend oder in der Nacht mit der Ärztin zusammen gewesen? Wo hielt er sich jetzt auf?

Einen Tag später klingelte es an der Wohnungstür von Steffen Voss in Hamburg. Zwei Kriminalbeamte zeigten ihre Dienstausweise und fragten den jungen Mann, ob sie hereinkommen könnten, sie hätten einige Fragen. Sie erklärten ihm, dass sie von der Verkehrspolizei in Rosenheim, von der er ja wohl am Montagvormittag wegen einer Geschwindigkeitsüberschreitung auf der Inntal-Autobahn angehalten worden wäre, gehört hätten, dass er eine Reisetasche und einen Rucksack auf dem Rücksitz seines Wagens liegen gehabt hätte. Nach einem Mann mit solch einem Gepäck würde in Tirol und in Bayern gefahndet. Der junge Mann schien nervlich völlig fertig gewesen zu sein. Unter Tränen stammelte er „Ich hab sie umgebracht. Aber es war nicht meine Absicht. Ich wollte sie nicht verlieren." „Ich nehme an, sie sprechen von Frau Dr. Ohlrogge", unterbrach ihn der Beamte. „Wir sind am Nachmittag von einer Berghütte, wo wir uns erstmals begegnet sind, zurück nach Ramos gewandert. Sie hat mir viel über ihren beruflichen Werdegang und ihre familiären Schicksalsschläge erzählt. An einer glatten Stelle wäre sie weggerutscht. Ich habe sie mit größter Mühe vor dem Absturz in den angrenzenden Auerbach halten können. Ich habe ihr auch erzählt, dass ich am nächsten Tag aus beruflichen Gründen die Heimreise antreten müsste. Ich glaube, sie war darüber traurig. Als ich sie am Abend vor meiner Abreise in ihrem Apartment aufsuchte, teilte sie mir mit, dass sie sich jeden Tag auf Corona testete. An diesem Abend, als ich sie besuchte, wäre der Test

76

positiv gewesen! Ich sollte sofort wieder gehen. Da habe ich sie gepackt. Was dann geschah, weiß ich nicht mehr. Ich bin einige Zeit später zu meiner Pension gelaufen. Während der Nacht konnte ich keine Ruhe finden. Ich habe am frühen Morgen meine Sachen gepackt und bin zu Fuß ins Tal nach Längsacker gelaufen. Dabei musste ich bei ziemlicher Dunkelheit über eine Lawine klettern. Es war furchtbar. Ich bin dann zu meinem Auto gegangen, das ich in Längsacker geparkt hatte, und zurück nach Hamburg gefahren." „Herr Voss, Sie müssen mit einer Anklage wegen Körperverletzung mit Todesfolge rechnen. Wir nehmen Sie hiermit fest. Sie kommen bis zur endgültigen Klärung der Todesursache in Untersuchungshaft. Bitte folgen Sie uns." Dann fuhren die Beamten mit dem jungen Mann ins Kommissariat.

Einige Tage später lag das Gutachten der Gerichtsmedizin vor: Frau Dr.

Ohlrogge wies zwar infolge körperlicher Gewalteinwirkung Hämatome am Hals und an den Armen sowie Schleifspuren an den Beinen auf. Dies wäre durch DNA-Spuren und Fingerabdrücke sowohl in dem von Steffen Voss gemieteten Zimmer in der Pension als auch im Apartment von Frau Dr. Ohlrogge im Hotel nachgewiesen. Sie könnte auch vorübergehend das Bewusstsein verloren haben. Die eigentliche Todesursache war aber eine völlig andere: Frau Dr. Ohlrogge war an einer Überdosis Schlaftabletten gestorben! Sie hatte das lange qualvolle Sterben ihres Sohnes und ihre Ohnmacht erlebt, als Ärztin trotz aller eingesetzten intensivmedizinischen Maßnahmen nichts für seine Rettung tun zu können. Jetzt fürchtete sie, ebenfalls an Corona erkrankt zu sein und auf die gleiche Art schreckliche Art enden zu müssen. Das wollte sie auf jeden Fall verhindern.

Der junge Mann, der einige Tage im Untersuchungsgefängnis einsaß, wurde von seinem Anwalt über die neue Lage unverzüglich informiert. „Herr Voss, ich kann Ihnen mitteilen, dass Frau Dr. Ohlrogge nicht durch ihre Gewalteinwirkung gestorben ist. Sie hat einen Suizid begangen. Die Anklage wegen körperlicher Gewalteinwirkung bleibt aber aufrecht erhalten. Bis zur Verhandlung sind sie Sie frei."

Vier Wochen waren vergangen. Die Aprilsonne hatte schon mächtig Kraft. Die Hänge der umliegenden Berge waren nahezu schneefrei. Nur die Gipfel erstrahlten noch in einem gleißenden Weiß. Von der Lawine auf der Straße zwischen dem Nurgtal und Ramos waren lediglich schmutzige Reste übrig geblieben. Nur unten im Bachgrund, wo die Lawine zu Stehen gekommen war, lagen noch größere Massen an schmutzigem Schnee, zersplitterten

Baumstämmen und Geröll. Darunter bahnte sich der aufgrund der Schneeschmelze stark angeschwollene Auerbach seinen Weg ins Nurgtal.

An einem Morgen fiel einem Jagdaufseher, der auf dem der Straße gegenüber liegenden Hang unterwegs war, ein rotes Blech in den restlichen Schneemassen der Lawine auf. Weil er aber nicht näher herankam, verständigte er die Gendarmerie in Längsacker. Zusammen mit der Feuerwehr fuhren die Polizisten hinauf zu der Stelle, an der der Jagdaufseher das Blech gesehen haben wollte. Weil der Fundort schwer zugänglich war, wurde einer der Feuerwehrleute mit einem Klappspaten bewaffnet auf den Lawinenresten abgeseilt. Unten angekommen stellte er schnell fest, dass es sich bei dem Blech um das Dach eines Personenkraftwagens handelte. Er grub weiter bis er durch die bei dem Absturz in der Lawine unversehrt gebliebenen Seitenscheibe sehen konnte: Im Auto saß angeschnallt ein Mann! Es war – wie sich später herausstellte – der Handwerker, der auf der Heimfahrt auf der Straße von der Lawine erfasst und mit in die Tiefe geschleudert worden war. Da der Wagen an allen Seiten durch die Schneemassen stark eingedrückt war, hatte der Handwerker keine Chance, sich zu befreien oder Hilfe zu holen. Er muss in seinem Auto erstickt oder erfroren sein.

In Ramos war noch einmal etwas Schnee gefallen. Die Krokusse auf den Wiesen um das Dorf herum ließen sich davon aber nicht abhalten, ihre farbenfrohen Blütenkelche zu entfalten Die letzten Urlaubsgäste waren abgereist. Das große Saubermachen in den Pensionen und im Hotel hatte begonnen. Obwohl die Bewohner sich auf den Frühling gefreut hatten: Es lag für eine geraume Zeit eine beklommene Stimmung über dem kleinen Bergdorf im Auerbachtal.

Die Cellistin

Olga Ulatova hatte den alle zwei Jahre stattfindenden Hamburger Musikwettbewerb in ihrer Altersgruppe der Fünfzehnjährigen gewonnen. Einer der Preisrichter war der Musikverleger Hubertus Oldehus. Er war sehr beeindruckt von Olgas Cellospiel. Nicht nur ihre Musikalität und ihr Einfühlungsvermögen, sondern ihr souveränes unaufgeregtes Auftreten, ihre Bescheidenheit beeindruckten ihn sehr. Auch bei der Preisverleihung für die beste Leistung blieb sie zurückhaltend und ruhig und brach nicht in Jubel aus. Sie sprach einige Worte des Dankes und trat dann in die Reihe der Mitwettbewerberinnen zurück. Wer war dieses Talent, woher kam sie? Hubertus Oldehus hatte nie von ihr zuvor gehört. Er wollte sie nicht direkt nach dem Konzert und der anschließenden Ehrung danach befragen.

Er wandte sich einige Tage später an Olgas Musiklehrer, der sie für die Teilnahme an dem Musikwettbewerb zunächst überreden musste und sie danach vorgeschlagen hatte. Er erzählte Hubertus Oldehus, dass Olga mit ihrer Mutter und ihrem kleinen Bruder vor einem halben Jahr aus der Ukraine nach Deutschland gekommen wäre, während ihr Vater in der Ukraine bleiben musste. Olga hätte damals bei der Flucht nicht viel mitnehmen können, aber ihr Cello musste unbedingt mit. In der Schule in der Ukraine hätte Olga als erste Fremdsprache Deutsch gewählt. Deshalb fiel es ihr nicht sonderlich schwer, hier in ein Gymnasium aufgenommen zu werden. Sie verfügte über eine schnelle Auffassungsgabe und könnte dem Unterricht in allen Fächern problemlos folgen. Sie hätte sich in ihrer Klasse schnell und gut integriert Ihre Teilnahme im Schulorchester hätte diesem einen regelrechten Schub gegeben. Bei einer Aufführung im Rahmen des Sommerfestes hätte sie mit dem Cello einen Solopart gespielt und von den Lehrern, Eltern und Mitschülern großen Applaus erhalten. Ihr Lehrer schwärmte geradezu von ihr.

Fünf Jahre später

Hubertus Oldehus liebte es, bei seiner Tätigkeit in seinem Verlag eine Mittagspause einzulegen und in dem nahen Café an der Alster einen Kaffee zu trinken. Zuweilen vertiefte er sich dabei in eine Zeitung, manchmal entspannte er sich einfach dadurch, dass er das Treiben um sich herum beobachtete. Eines Tages bediente ihn eine junge Frau. Er erkannte ihr Gesicht sofort wieder. Aber woher? „Hubertus, du wirst alt", dachte er bei sich. Dabei war er gerade erst siebzig Jahre alt geworden. Als er bezahlte, schaute er sie nochmal genau an. Er konnte sich aber nicht erinnern, wo er sie einmal gesehen hatte.

Es war Ende Oktober. Für die Jahreszeit herrschten außergewöhnlich warme Temperaturen. Auch an den nächsten Tagen führte den Verleger der mittägliche Weg in das Café. Ob sie ihn wieder bediente? Und tatsächlich: Sie erschien und fragte nach seinen Wünschen. Er fasste sich ein Herz und sagte: „Ich habe gleich zwei Wünsche. Zum Einen bringen Sie mir bitte eine Tasse Kaffee. Und zum Anderen wollte ich Sie fragen, woher ich Sie kenne?" Ein Hauch von Verlegenheit huschte über ihr Gesicht. Dann sagte sie: „Es tut mir leid, aber die Frage kann ich Ihnen leider nicht beantworten. Ich kann mich nicht erinnern, Ihnen früher begegnet zu sein." Sie eilte davon. Als sie mit dem Kaffee zurückkam, sagte er zu ihr: „Bitte verstehen Sie mich nicht falsch. Ich will Sie nicht – wie man es heute wohl nennt – anbaggern. Sie sind doch nicht hauptberuflich Kellnerin oder?" Sie schien etwas irritiert zu sein. „Warum will der alte Mann das wissen?" dachte sie. Dann antwortete sie ihm: „Ich arbeite hier um Geld zu verdienen, aber nur in den augenblicklichen Semesterferien. Ansonsten studiere ich an der Musikhochschule." Plötzlich dämmerte es dem Verleger. „Ich hab's. Sie haben vor einigen Jahren an einem Schüler-Musikwettbewerb teilgenommen und zwar sehr erfolgreich. Sie haben grandios den ersten Preis gewonnen, und ich habe Ihnen persönlich gratuliert." „Das stimmt, ich habe damals gewonnen. Aber, entschuldigen Sie bitte, mir haben damals sehr viele Zuhörer gratuliert und mir Mut gemacht, mit dem Cellospielen weiter zu machen. An Sie kann ich mich leider nicht erinnern. Aber ich muss jetzt weiterarbeiten." Als er bezahlte, fragte er sie „Bei wem studieren Sie, bei Professor Neumann?" „Ja, Cello, und bei Frau

Professor Lohmeyer Komposition."
„Wissen Sie, ich will Sie nicht länger aufhalten. Aber als Musik-Verleger würde ich mich gern mit Ihnen einmal etwas ausführlicher unterhalten. Erfüllen Sie mir gelegentlich diesen Wunsch?" „Am kommenden Freitag nach meiner Arbeit? Hier um 20 Uhr?" sagte sie. „Ich freue mich auf das Gespräch", sagte er, erhob sich und ging.

Als er an dem avisierten Freitag über den belebten Boulevard ging und sich dem Café näherte, stand sie tatsächlich davor und wartete auf ihn. „Ich freue mich, dass Sie Zeit für mich haben. Wollen wir hineingehen?" fragte er sie. „Mir wär es lieber, nicht von meinen Arbeits-kolleginnen bedient zu werden", entgegnete sie. „Wie wäre es mit dem Café Berlin. Es liegt ja nicht weit entfernt." „Das ist mir recht", sagte er. Nachdem sie sich dort ein Kännchen Kaffee bestellt hatten, ergriff Hubertus Oldehus das

Wort: „Ich hoffe sehr, dass Sie mein Interesse an Ihnen nicht falsch verstehen. Sie sind jung, hübsch, freundlich und – wenn ich mich noch an den damaligen Musikwettbewerb erinnere – sehr musikalisch. Wegen Letzterem bin ich an Ihnen und ihrer Entwicklung interessiert. Mein Verlag vergibt jedes Jahr ein Stipendium zur Finanzierung eines Musikstudiums. Ich weiß natürlich nicht, wie Sie finanziell ausgestattet sind. Aber allein aus der Tatsache, dass Sie in dem anderen Café in ihrer Freizeit kellnern, lässt mich vermuten, dass Sie das Geld benötigen. Aber bevor ich mir ein Bild von Ihnen machen kann, erzählen Sie mir doch einmal, wie Sie zum Cello-Spielen gekommen sind.“

Sie erzählte ihm, dass ihre Eltern, als sie geboren wurde, in Minsk gelebt hätten, wo ihr Vater zu der Zeit Dirigent am dortigen Philharmonischen Orchester gewesen sei. Kurz vor der Geburt ihres

Bruders wären ihre Eltern dann in ihre Heimat nach Kiew zurückgekehrt. Meinem Vater war die Intendanz an der Kiewer Oper angeboten worden. Er hatte ursprünglich Klavier studiert und an der Musikhochschule seine Frau, meine Mutter, kennengelernt, die Gesang studierte. Wegen gesundheitlicher Beschwerden musste sie jedoch ihre Karriere als Sängerin früh beenden. Sie widmete sich dann nur noch uns, meinem jüngeren Bruder und mir. Den Weg zum Cello förderte jedoch meine Tante Tamara, die selbst Cello spielte. Sie gab mir während meiner ersten Schuljahre selbst Unterricht und vermittelte mir später den weiteren Unterricht bei einem anerkannten Musikpädagogen und Cellisten in Kiew. Dann kam der schreckliche Krieg. Obwohl mein Vater bereits Ende Vierzig war, wurde er eingezogen und durfte nicht ins Ausland. Er sorgte aber dafür, dass wir nach

90

Deutschland ausreisen konnten, wo wir zunächst bei einem Bekannten, der einmal in seinem Orchester gespielt hatte, Unterschlupf fanden. Jetzt haben meine Mutter, mein Bruder, der noch zur Schule geht, und ich eine eigene kleine Wohnung gefunden. Wir haben es gut hier und sind sehr zufrieden. Wir hoffen nur, dass der Krieg bald zu Ende geht und wir zu meinem Vater in unsere Heimat zurückkehren können.

Der Verleger hatte ihr aufmerksam zugehört. „Ich kann Sie gut verstehen. Aus Erzählungen meiner Eltern, die nach dem Zweiten Weltkrieg ihre Heimat in Ostpreußen verlassen mussten, habe ich Ähnliches erfahren. Aber Sie sind jung und begabt. Ich bin sicher, dass Sie ihr Leben meistern und ihre musikalischen Ziele erreichen werden. Dabei möchte ich Ihnen, wenn Sie wollen, zumindest finanziell helfen. Ich habe eine Stiftung zur Förderung junger Musiker gegründet.

Die Stipendien werden von einem Stiftungsrat meines Verlages vergeben. Neben mir gehört unter anderen auch ihr Lehrer, Professor Neumann, diesem Rat an. Ich werde mit ihm sprechen. Sind Sie mit dem Vorschlag einverstanden?" Sie konnte ihre Dankbarkeit und ihr Glück kaum fassen. Sie ergriff seine Hand und drückte sie lange. „Auch im Namen meiner Familie sage ich ganz herzlichen Dank. Ich werde mich bemühen, Sie nicht zu enttäuschen." Herr Oldehus versprach ihr, sich so bald wie möglich zu melden. „Bitte schreiben Sie mir ihre Adresse oder Telefonnummer auf." Er gab ihr seinerseits seine Visitenkarte. Dann verabschiedeten sie sich. „Nochmals vielen Dank", sagte sie ihm. „Bis bald und bleiben Sie gesund", antwortete er. Man sah Beiden ihre Freude an.

Hubertus Oldehus schilderte den Ratsmitgliedern bei einer kurzfristig anberaumten Sitzung des Stiftungsrates seines Verlages, wie er Olga kennengelkernt hätte und was er von ihr hielte. Der Stiftungsrat hatte keine Einwände gegen die Vergabe des Stipendiums Die Laufzeit erstreckte sich bis zum Ende der Regelstudienzeit. Herr Oldehus setzte sich mit Olga in Verbindung und lud sie zusammen mit ihrer Mutter und ihrem Bruder zu einem gemeinsamen Essen ein, um abschließende Fragen zu klären. Ihre finanzielle Sicherheit war gewährleistet. Olga konnte sich ganz ihrem Musikstudium widmen.

Zehn Jahre später
 Olga hatte ihr Studium an der Musikhochschule beendet und ihre Abschlussprüfung mit summa cum laude bestanden. Sie erhielt schnell ein Engagement beim Staatstheater in Bremen. Während der nunmehr fast zehn Jahre seit ihrem Zusammentreffen mit

Hubertus Oldehus im Café in Hamburg war der Kontakt zu ihm nie abgebrochen. Er war sehr interessiert an ihrem Studium und an ihrem weiteren Fortkommen.

Zu seinem achtzigsten Geburtstag erhielt er eine Einladung für ein Konzert in der Elbphilharmonie. Das Hamburger Sinfonieorchester spielte Werke von Sibelius und Brahms sowie ein Cello-Konzert von Dvorák. Solistin: Olga Ulatova. Der Verleger war stolz auf sich, dass er Olgas Talent so früh erkannt und sie gefördert hatte. Er freute sich außerordentlich über die Entwicklung seiner einstigen Stipendiatin. Sie war in kurzer Zeit zu einer *der* Cellisten in Deutschland gereift. Er rief seinen Freund und Stiftungsmitglied Professor Neumann an und fragte ihn, ob er Lust hätte, zu dem Konzert mitzukommen. Obwohl es ihm gesundheitlich nicht sehr gut ging und er auch beim Gehen Probleme hatte, sagte er sofort zu. „Ich muss Olga wiedersehen und spielen hören", sagte er.

Die beiden betagten Herren saßen in der ersten Reihe im Parkett. Sie begleiteten die ersten beiden dargebotenen Musikwerke mit Interesse, waren aber in Gedanken schon beim dritten Werk von Dvorák. Nach der Pause war es dann so weit: Das Orchester erhob sich, als der Dirigent und Olga das Podium betraten. Bevor der Dirigent den Taktstock heben konnte, trat Olga mit ihrem Cello an den Rand der Bühne. Sie hatte natürlich die beiden älteren Herren in der ersten Reihe längst erkannt. „Meine sehr geehrten Damen und Herren, dass ich heute hier vor Ihnen stehen und spielen darf, habe ich vor allem zwei Herren zu verdanken, die mich sehr gefördert haben und die heute unter uns weilen, der Musikverleger Hubertus Oldehus und Herr Professor Neumann. Ich danke Ihnen herzlich und hoffe, dass Sie mit meinem Spielen zufrieden sein werden." Beide Herren schauten sich an und fühlten sich geehrt. Olga setzte sich, nahm ihr Cello, ein kurzes Nicken zum Dirigenten und das Konzert begann. Welch ein Einfühlungsvermögen, welch eine Virtuosität besaß diese junge Musikerin. Mit Leichtigkeit führte sie den Bogen über die Saiten ihres Cellos. Die leisen Partien wie mit einer Feder gestreichelt. Die lebhaften, furiosen Teile mit kräftigem Druck. Die Pizzicati wie Schüsse. Am Ende gab es großen Beifall. Als Olga danach noch eine virtuose Zugabe ohne Orchesterbegleitung spielte, wollte der Jubel kein Ende nehmen.

Hubertus Oldehus hatte zwischenzeitlich etwas auf einen Zettel geschrieben, erhob sich von seinem Platz, ging an den Rand der Bühne, überreichte ihn Olga:

„Wenn Sie für morgen Nachmittag noch nichts Anderes geplant haben: Um 16 Uhr im Café an der Alster?" Während der Beifall immer noch über Olga hinwegbrauste, las sie den Zettel, lächelte und rief ihm zu „Gerne!"

Es war ein freundschaftliches Gespräch, das beide führten. Olga erzählte von ihren zahlreichen Auftritten, die sie bereits in viele Länder der Welt geführt hätten. Aber es wäre auch anstrengend und sie wäre immer wieder froh, wenn sie zurück nach Hamburg käme und sich bei Spaziergängen an der Elbe oder an der Alster entspannen und erholen könnte. Des Öfteren besuchte sie auch ihre Eltern und ihren Bruder, der inzwischen in Kiew verheiratet wäre, eine kleine Tochter hätte und als Ingenieur dort arbeitete und beim Wiederaufbau des Landes hülfe. Hubertus Oldehus wunderte sich, dass Olga nicht noch mehr von ihrer bisher glänzend verlaufenen Karriere erzählte. Sie machte auf ihn einen etwas ernsten, nachdenklichen Eindruck.

Vier Jahre später

Der Verleger Hubertus Oldehus war im Alter von vierundachtzig Jahren gestorben. Bis zum Schluss hatte er die Musikszene verfolgt. Freunden gegenüber erzählte er immer wieder, seine größte Freude hätte ihm die Entdeckung von Olga bereitet. Als Olga in Südafrika von seinem Tode erfuhr, unterbrach sie sofort ihre Tournee und flog nach Hamburg, um an der Trauerfeier ihres Förderers teilzunehmen. Nach der Trauerfeier traf sie auch alte Kommilitonen von der Musikhochschule wieder. Besonders mit Ulrike, die Klavier studiert hatte, war eine enge Freundschaft entstanden.

Ulrike war inzwischen verheiratet, hatte zwei Kinder und gab neben ihrer häuslichen Arbeit Klavierunterricht. Sie machte auf Olga einen zufriedenen Eindruck. „Und wie verläuft Deine Karriere?" wollte Ulrike wissen. Darauf erzählte Olga den Ablauf ihres Lebens. Ich möchte Dir einmal am Beispiel dieses Monats zeigen, wie mein Leben aussieht."

Sie holte ihren in edlem Leder gebundenen Kalender heraus:

„Am 3.9. Konzert in San Francisco, 5.9. Flug nach Sydney, 6.9. Konzert in Sydney, 7.9. Flug nach Seoul, 10.9. Konzert in Seoul, 11.9. Flug nach Tokio, 12.9. Solo-Auftritt in der Musikhochschule in Tokio, 14.9. Osaka, 16.9. Solo-Auftritt in der Universität, Ausflug mit Musik-Studenten aus Tokio zum Fudschijama, 19.9. Flug nach Kiew, Besuch meiner Eltern, 22.9. Flug nach Kopenhagen, abends Konzert, 23.9. Flug nach Kapstadt, Konzert, 24.9. Kenntnisnahme vom Tod von Herrn Oldehus, Rückflug über Frankfurt nach Hamburg, 26.9. also heute, Teilnahme an der Trauerfeier, 28.9. Flug nach Namibia, 30.9. Konzert in Windhoek.

So sieht der September aus. Er unterscheidet sich nicht wesentlich von den Vormonaten und wahrscheinlich auch nicht von den nächsten Monaten. Meine Zeit ist voll verplant, abgestimmt mit den Agenturen, den Konzerthäusern und Orchestern in der ganzen Welt. Auch wenn es drei, vier Tage von einem Konzert zum nächsten dauert, die übrige Zeit ist größtenteils auch besetzt. Abstimmungen mit meiner Managerin, Buchen der Hotels und der Flüge, tägliches Üben, manchmal Einstudieren neuer Stücke bis hin zur makellosen, frischen Garderobe. Alles das gehört zu meinem Job, ich werde dafür sehr gut honoriert. Es darf nichts schiefgehen. Das Schlimmste für mich sind jedoch die Abende. Egal, ob ich nach einem Konzert spät abends ins Hotel komme oder an konzertfreien Tagen etwas früher: Manche Zimmer oder Suiten in den Hotels sind sehr schön eingerichtet. Aber Du kommst in das Zimmer und bist allein. Fast Tag für Tag. Kein Mensch, der Dich nach getaner Arbeit in die Arme schließt, keine Kinder, die sich auf das Wiedersehen freuen, wie ich es hier bei Dir erlebe. Mit der Managerin oder Sekretärin willst du nicht allzu enge Kontakte pflegen, also bist du allein in einer luxuriösen Umgebung. Diese Einsamkeit wird auf Dauer mein Wesen zerstören! Mein Traum wäre, mit einer Gruppe von Freunden in den Bergen zu wandern, in Hütten zu übernachten und ein ganz einfaches Leben zu führen. Zumindest einmal für kurze Zeit." „Aber Du siehst doch viel von der Welt, bekommst neue Eindrücke von anderen Völkern", meinte Ulrike. Olga erwiderte: „Ich bekomme heute Beifall von zweitausend klatschenden oder jubelnden Asiaten, ein paar Tage später wieder von Hunderten begeisterten Südafrikanern und dann von einem zufriedenen norwegischen Publikum. Aber ich lerne diese Menschen nicht kennen, komme mit Ihnen nur selten ins Gespräch. Ich treffe bestenfalls nach den Konzerten mit einigen Offiziellen zusammen oder, wenn ich mit einem Orchester auf Tournee gehe, setze mich nach dem Konzert noch mit einigen Orchestermitgliedern zu einem Glas Wein zusammen. Auch an den konzertfreien Tagen habe ich in der Regel keine Zeit, mir Land und Leute anzusehen und in Kontakt mit Ihnen zu kommen. Ich lebe in einer luxuriösen Scheinwelt, das wahre Leben findet weder in den Luxusherbergen noch in den Konzertsälen statt." „Du bist also mit Deinem jetzigen Leben nicht zufrieden?" fragte Ulrike. „Ja und nein. Auf der einen Seite freue ich mich natürlich, wenn mein Musizieren inzwischen weltweit Anerkennung gefunden hat, ja dann bin ich stolz auf mich und dankbar meinen Förderern. Auf der anderen Seite wünschte ich mir ein einfaches Leben inmitten der normalen Bevölkerung, wo ich nicht zu jeder Zeit auf meine Frisur achten muss, wo ich nicht das von mir als Star erwartete Outfit tragen und nicht in den Toprestaurants speisen muss. Aber", sagte Olga, „das Leben ist nun einmal nicht vollkommen, jeder muss mit seiner Situation fertig werden. Ich jedenfalls bin noch nicht am Ziel meiner Träume." „Verfolgst Du denn einen Traum?" fragte Ulrike. „Kann man das? Ist der Traum nicht beim Aufwachen normalerweise verschwunden?" „Manchmal werden Träume wahr!" Olga lächelte „Warten wir's ab." In der Nacht flog Olga nach Windhoek in Namibia, um ihre Tournee fortzusetzen.

Zwei Jahre später
Vor einem Konzert in Wien kam Olga am Nachmittag beim Besuch der Albertina mit einem Journalisten ins Gespräch. Er machte ein paar Tage Urlaub in seiner Heimatstadt. Dann ging die Reiserei wieder los. Heute Brüssel, morgen

Straßburg, übermorgen Rom oder London oder Berlin. Berichte verfassen über die Arbeit der Europäischen Kommission, über die Vorbereitungen der Wahl des Europäischen Parlaments, über die Haushaltsdebatte des Deutschen Bundestages. Alles sehr interessante Themen, über die ich berichte, berichten muss!. Wie genieße ich solche Stunden wie jetzt hier in Wien. Ohne Zeitdruck die Bilder so verschiedener Epochen zu betrachten, sie auf einen einwirken zu lassen. Herrlich.

Als sie am Ende der Ausstellung angelangt waren, fragte Olga ihren Gesprächspartner, ob er nach dem langen Stehen nicht Lust auf eine Tasse Kaffee hätte. Sie setzten sich in dem Café des Museums an einen kleinen Tisch. „Ich hab mich noch gar nicht vorgestellt", sagte er, „Wilfried Lüchau von der FAZ. Und Sie sind Olga Ulatova, stimmt's?" „Recherchieren Sie auch über Ereignisse

im Musikleben?" „Normalerweise nicht. Aber wer kennt Sie nicht", lächelte er. „Aber Sie stehen der Musik oder allgemein der Kunst nicht ablehnend gegenüber?" „Wäre ich sonst hier in der Galerie?" erwiderte er. „Wären Sie auch an einem Konzert in der Staatsoper heute Abend interessiert?" fragte sie ihn. „Grundsätzlich sehr. Ich habe mich um eine Eintrittskarte bemüht. Aussichtslos. Das Konzert ist seit Tagen ausverkauft." Olga holte aus ihrer Handtasche ihr Portemonnaie hervor, zog eine Eintrittskarte heraus und überreichte sie ihm: „Parkett links, Reihe 1, Platz 8".
Olga erhob sich. Ich muss mich vorbereiten. Ich würde mich freuen, Sie wiederzusehen. Nach dem Konzert in meiner Garderobe? Sie reichte ihm ihre Visitenkarten. „Falls die Platzanweiser Probleme bereiten", lächelte sie. Wilfried Lüchau war so perplex, dass er sich nicht

einmal bedanken konnte. Sie war entschwunden.

„Du hast nicht einmal einen dunklen Anzug dabei", schoss es ihm durch den Kopf. „Aber wir sind ja in Wien. Das geht schon", beruhigte er sich. Erwartungsvoll begab er sich am Abend in den Großen Saal des Wiener Musikvereins. Zwischen den Honorationen des Wiener Kulturlebens nahm Wilfried Lüchau Platz. Er schaute in das Programmheft: Nach einer Ouvertüre von Verdi ein Cellokonzert von Hayden. Solistin Olga Ulatova. Wilfried war – wie alle in dem großen festlichen Saal – hingerissen. Es gab lang anhaltende Ovationen. Immer wieder musste Olga zunächst mit dem Dirigenten, dann allein vor den Vorhang treten. Als dann der Beifall verebbte, erhob sich Wilfried und bahnte sich den Weg zu den Garderoben. An der Garderobe Nr. 2 steckte ein Schild: „Olga Ulanova". Er klopfte, hörte ein „Herein" und öffnete die Tür. Da stand sie in ihrem schulterfreien Kleid. Sie hatte ihr während des Konzerts hochgestecktes Haar geöffnet und fallen gelassen. „Eine schöne Frau", dachte er. Sie legte das Cello ab. Dann umarmten sich beide. „Du warst wundervoll", sagte er. „Du bist es noch, weil Du gekommen bist. Ich freue mich", erwiderte sie.

Sie reiste wieder durch die Welt, er reiste überwiegend durch Europa. Aber immer, wenn sich die Gelegenheit bot, trafen sie sich. Vier Monate nach ihrer ersten Begegnung in Wien, kamen sie in Straßburg wieder zusammen. Da beide in der Folgewoche keine Termine hatten, verabredeten sich beide zu einem kurzen Wanderurlaub im Berner Oberland. „Das war schon lange ein Wunsch von mir, frei und ohne Termindruck in der schönen Natur zu wandern." Während der Fahrt hinauf zum Jungfraujoch fragte er sie leise „Möchtest Du meine Frau werden?" „Nichts lieber" entgegnete sie. Andere Fahrgäste, die das mitbekommen und mitgehört hatten, klatschten Beifall und wünschten den Beiden alles Gute.

Nach acht Wochen heirateten beide in Hamburg. Trauzeugen waren ein Kollege von Wilfried aus Frankfurt und Olgas frühere Studienfreundin Ulrike. Wilfried und Olga bezogen eine Wohnung in Elbnähe in Hamburg-Rissen. Sie genossen das Zusammensein und die schöne Umgebung.

Ein halbes Jahr nach ihrer Heirat musste Olga ihre weiteren Konzerte und die damit verbundene Reisetätigkeit vorerst absagen: Sie war schwanger. Olga und Wilfried freuten sich riesig. Olga genoss das Verweilen an einem Ort. Kein time lag mehr, keine Klimaumstellung innerhalb weniger Stunden. Nur noch beschauliche Ruhe im Randbereich der Großstadt. Im Frühjahr des Folgejahres wurde ihre

Tochter geboren, eineinhalb Jahre danach ihr Sohn.

Drei Jahre später

Olga hatte sich ganz auf ihre kleinen Kinder eingestellt und ihr Leben danach ausgerichtet. Sie war glücklich und zufrieden mit ihrem Leben.

Nach und nach fragten die Konzertagenturen bei ihr nach, wann sie wieder auf Tournee gehen wollte. Olga und Wilfried überlegten sich die Situation sehr gründlich. Sie befanden sich noch im Prozess der Entscheidungsfindung. Da bekam Olga eine Todesanzeige. Ihr früherer Lehrer in der Musikhochschule, Professor Neumann, war gestorben. Vor seinem Tode hatte er noch mit dem Direktor der Hochschule über die künftige Besetzung seines Lehrstuhls für Cello und Komposition nach seinem Ausscheiden gesprochen. Als Kandidatin hatte er sofort an Olga gedacht, die während ihrer

Mutterschaft und Kindesbetreuung an Hamburg gebunden sei. Nach der Trauerfeier für Professor Neumann kam Olga mit dem Direktor der Musikhochschule zusammen. Er fragte sie, ob sie grundsätzlich Interesse an einer Lehrtätigkeit hätte. Olga, die nicht nur die Hochschule seit ihrer Studienzeit kannte, sondern auch mit der Lehrtätigkeit vertraut war, sagte spontan zu. Sie erhielt zunächst eine Gastprofessur für ein Jahr. Danach würde sie sich dann über ihre künftige Tätigkeit entscheiden.

Nach einem Jahr
Olga gefiel es außerordentlich gut, junge Menschen zu unterrichten, mit ihnen zu musizieren und ihnen die Feinheiten des Cellospielens beizubringen. Sie hatte sich für ein Verbleiben an der Musikhochschule entschieden und wurde zur ordentlichen Professorin ernannt. Familie und Musik, das war für sie eine

Traumkombination. Sie genoss, sich um ihre Familie kümmern und nebenbei mit ihrem geliebten Cello Unterricht erteilen zu können. Und sie freute sich, in den kommenden Ferien mit der Familie und Freunden Urlaub in den Bergen machen zu können. Ein Traum war Wirklichkeit geworden.

Der Ausflug

Manfred Kellerer war ein tüchtiger und in Offenbach angesehener Unternehmer. Er hatte von seinem früh verstorbenen Vater eine Fabrik übernommen, die edle Ledertaschen herstellte. Nach Jurastudium und zweitem Staatsexamen trat er zunächst in eine Anwaltskanzlei ein. Doch kurze Zeit später verunglückte sein Vater bei einem Skiunfall. Die Kinder mussten sich einigen, ob sie das bereits in den dreißiger Jahren von ihrem Großvater aufgebaute Unternehmen weiterführen oder verkaufen sollten. Manfreds Schwester hatte sich für das Lehramt entschieden. Sie war in einem Frankfurter Gymnasium tätig. Nach einer kaufmännischen Tätigkeit stand ihr nicht der Sinn. Nach reiflicher Überlegung entschied sich Manfred für den Sprung ins kalte Wasser: Er übernahm die Leitung des Werkes. In einem altgedienten

Prokuristen, Herrn Schweitzer, mit dem er sich seit einigen Wochen duzte, fand er eine wertvolle Hilfe. Auch den Produktionsleiter lernte er bei einem Praktikum kennen und schätzen. Unterstützt durch eine günstige konjunkturelle Lage baute Manfred Kellerer das Sortiment und das gesamte Geschäft kräftig aus. Nach einigen Jahren beschloss er, nach Italien zu expandieren. In Spoleto in Umbrien erwarb er nach dem Tode des bisherigen Eigentümers eine kleine Lederwarenfabrik mit angeschlossenem Vertrieb, modernisierte sie und baute damit sein Geschäft in Mittelitalien auf. Zur Geschäftsführerin setzte er die bisherige Vertriebsleiterin Maria Sabatini ein, eine resolute Mittdreißigerin, die nicht nur mit ihren Mitarbeiterinnen und Mitarbeitern gut umzugehen wusste, sondern auch einen Sinn für die aktuellen Moderichtungen hatte. Mit ihrer sportlichen Figur und

114

ihren langen roten Haaren war sie eine schöne Erscheinung, einerseits sympathisch, andrerseits aber auch Respekt einflößend. Sie hatte bis zur Scheidung von ihrem Mann zwei Jahre in Augsburg gelebt und sprach fließend Deutsch. Nach der Trennung war sie in ihre italienische Heimat zurückgekehrt.

Manfreds erste Ehe mit einer Kollegin, die er während des Studiums kennengelernt hatte, dauerte nur vier Jahre. Auch sie war als Anwältin tätig. Bei beiden stand der Beruf offensichtlich so im Vordergrund, dass ein normales Zusammenleben in einer Ehe zu kurz kam. Man trennte sich in Freundschaft. Manfred fühlte sich als Leiter eines kleinen, florierenden Unternehmens zufrieden. Bei einer Management-Veranstaltung in einem Hotel in Baden-Baden lernte Manfred Laura Delong kennen, die in dem gleichen Hotel eine Boutique führte. Mit Ausnahme der

Tatsache, dass sie beide mit Leder handelten, waren sie in vielerlei Hinsicht grundverschieden und hatten unterschiedliche Interessen. Manfred entwickelte sich zu einem Manager, der etwas unternahm, der auch ein kalkulierbares Risiko nicht scheute, der viel unterwegs war. Heute Besuch einer Lederwarenmesse, morgen eine Betriebsversammlung, übermorgen eine Veranstaltung mit Kunden. Mit seinem Elan und seiner Umtriebigkeit war er nicht zu bremsen. Urlaub brauchte er nicht. „Meine Arbeit macht mir viel Spaß. Ich bin mit vielen Menschen im In- und Ausland zusammen. Was will man mehr?", war seine Devise. Laura Delong hatte auch mit Kunden zu tun, musste sich um den Einkauf und Verkauf und all die administrativen Dinge kümmern. Ihren eigentlichen Neigungen entsprach das jedoch nicht. Sie sagte einmal „Wenn ich einmal eine besonders schöne Tasche eingekauft habe, möchte ich sie am liebsten gar nicht verkaufen, sondern für mich behalten oder an meine Freunde verschenken". Sie spielte seit ihrer Jugend Klavier, besuchte gern Konzerte. Diese künstlerischen Interessen kamen in letzter Zeit zu kurz. „Aber ich muss ja Geld verdienen", meinte sie bedauernd. Eine feste Partnerschaft war sie bisher noch nicht eingegangen. „Die meisten Männer ticken anders, haben eine ganz andere Sichtweise auf die Welt. Bei vielen steht das Geld im Vordergrund, zumindest bei Jüngeren", meinte sie.

Eines Morgens, als sie gerade ihre Boutique geöffnet hatte und sie in ihrem Schaufenster einige Artikel aus- oder umsortierte, stand ein Mann mittleren Alters vor ihrem Schaufenster und begutachtete die ausgestellten Lederartikel. Dann trafen sich ihre Blicke. Sekunden vergingen. Offensichtlich dachten beide, „wer hält länger durch ?"

Dann gab er auf und fing herzhaft an zu lachen. Manfred ging in den Laden und direkt auf sie zu: „Wollen Sie mich heiraten?" Laura war so überrascht, dass sie sich setzen musste. Dann schnellte sie wieder hoch und stammelte, „Wollen Sie sich nicht auch setzen?" Er lachte. „Da hab ich Sie aber ganz schön aus dem Takt gebracht, oder?" Sie hatte sich wieder gefangen und sagte „Und das auf nüchternem Magen!. Ich hab mich nämlich heute Morgen etwas verspätet und noch nicht gefrühstückt". „Darf ich Sie zum Frühstück einladen? Ich bin heute sehr früh aufgestanden und möchte mir auch noch eine Tasse Kaffee gönnen." Laura atmete noch einmal tief durch und meinte dann „Einverstanden." Sie hängte ein Schild mit dem Hinweis „Für kurze Zeit geschlossen" in die Eingangstür, schloss ab und sagte zu Manfred „Gehen wir in den Frühstücksraum? Dort ist es ganz gemütlich." Nachdem sie beide

118

Kaffee und Brötchen bestellt hatten, meinte Manfred „Leder hat etwas Verbindendes, meinen Sie nicht auch. Ohne Leder hätten wir uns wahrscheinlich nie kennengelernt." „Wir hätten uns auch zufälligerweise bei einem Konzert oder in der Straßenbahn treffen können, ohne Ledersitze" entgegnete Laura. „Sie haben gewonnen", erwiderte er und lachte. „Ich möchte gern einmal mit Ihnen ein Konzert besuchen oder Straßenbahn fahren." Laura antwortete „Womit fangen wir an?" Manfred war perplex. Lachend sagte er nur „Sie sind wunderbar".

Dann wandten sie sich erst einmal ihrem Frühstück zu. Laura schaute auf ihre Uhr und meinte dann „Ich hab leider nicht länger Zeit. Ich muss meine Boutique wieder öffnen". Manfred erwiderte „Und wann schließen Sie ihre Boutique?" „Morgen um 18 Uhr", heute hab ich keine Zeit. Sie erhoben sich, blickten sich in die Augen, reichten sich die Hand und trennten sich „Ich freue mich auf Morgenabend", sagte er. Sie ging zurück und drehte das Schild an der Tür wieder um: GEÖFFNET.

Das Treffen zwischen Laura und Manfred am folgenden Tag blieb nicht das Einzige. Es hatten sich zwei getroffen, die sich wirklich lieb gewonnen hatten. Nach vier Monaten heirateten sie. Manfred verlegte seinen Wohnsitz von Offenbach nach Baden-Baden. Als Ende des Folgejahres Laura eine Tochter gebar, war das Familienglück perfekt. Laura hatte ihre Boutique verpachtet. Sie war mit der Betreuung ihrer Tochter gut beschäftigt. Manfred baute das Geschäft seiner Firma immer weiter aus. Neben neuen Läden in Deutschland expandierte er vor allem in Italien. Er besuchte regelmäßig beide Produktionsstätten und alle Geschäfte im In- und Ausland, um sich persönlich einen Eindruck zu verschaffen, ob er mit seiner

Geschäftsidee richtig lag oder etwas korrigiert werden musste.

So reiste er auch im Frühsommer 2016 nach Italien, um sich vor Ort die Entwicklung der Geschäfte in Umbrien und in der Toskana anzuschauen. In Spoleto besprach er die geschäftliche Lage mit seiner dortigen Geschäftsführerin Signora Maria Sabatini. Den geplanten Neuinvestitionen stand nichts mehr im Wege. Die Genehmigung für den Bau eines neuen Geschäfts im Zentrum von Assisi lag vor, und die Verhandlungen für die Übernahme eines Geschäfts in Perugia standen kurz vor dem Abschluss. Manfred war zufrieden. Italien war ein guter Markt für gehobene Lederwaren. Für den Nachmittag schlug Maria Sabatini vor, eine Autofahrt in die Sibillinischen Berge im Apennin zu unternehmen. Bei dem schönen Wetter wäre es herrlich dort oben. Manfred wollte ohnehin erst am nächsten Tag nach Deutschland zurückkehren und willigte gerne ein. Nach dem gemeinsamen Mittagessen in Spoleto stiegen sie in ihren Mini und fuhren Richtung Osten. Nach einer lang ansteigenden Gebirgsstraße erreichten sie in 1.550 m Höhe einen Pass. „Hier müssen wir unbedingt kurz aussteigen. Man hat von hier einen fantastischen Blick auf den höchsten Berg der Sibillinischen Berge, den 2.476 m hohen Monte Vettore." Sie hatte Recht. Die höheren Regionen des Monte Vettore waren noch von Schnee bedeckt und strahlten in grellem Weiß. Die darunter liegenden Berghänge waren braun oder grau und vor ihnen im Tal die Wiesen bereits grün. Ein Postkartenbild. Manfred entdeckte auf dem Berghang sogar einen Enzian. Es war sehr frisch hier oben. Sie bestiegen deshalb wieder das Auto und fuhren hinunter in eine von den Bergen umgebene Hochebene, die Piano Grande. An der Straße hielt eine Reihe von Autos. Die Insassen waren zu einer nahe gelegenen Weide gegangen, um sich eine große Herde Haflinger anzuschauen, gutmütige braune Pferde, die dort friedlich grasten und sehr zutraulich waren. Dann erreichten Maria und Manfred die auf einem Hügel am Rande der Hochebene gelegene Ortschaft Castelluccio. Die Häuser in diesem Hochgebirgsort machten einen etwas heruntergekommenen Eindruck. In einem Café, in dem die Zeit wohl stehen geblieben war, tranken Maria und Manfred einen Grappa, um sich innerlich etwas aufzuwärmen. Dann fuhren sie den gleichen Weg zurück. Merkwürdig: Die Pferdeherde auf der Hochebene machte jetzt einen sehr unruhigen Eindruck. Sie liefen wild herum und attackierten sich mit den Hinterläufen. „Seltam, vielleicht naht ein Gewitter", meinte Maria. Als sie nach der Passhöhe wieder die Ebene am Fuße der Sibillinischen Berge erreichten, wies ein Schild auf den nahegelegenen Ort

Norcia hin. Maria erzählte, dass es sich um die antike Stadt Nursia handelte. „Wollen wir dort mal eben hinfahren? Es ist nicht weit". Sie parkten ihr Auto auf einem Parkplatz vor dem Ort und schlenderten dann über die Hauptstraße. Links und rechts alte Häuser, altes Pflaster. Als sich Maria eine Tafel an der Außenmauer der alten Kirche ansah, fing die Erde urplötzlich an zu beben. Alles schien zu wackeln. Manche Häuser fielen in sich zusammen und verursachten gewaltige Staubwolken. Von der Kirche fielen dicke Steine und Mauerbrocken herab. Die Kirchenglocke ertönte einmal kurz und schien dann auf das Kirchendach und in das Kircheninnere gefallen zu sein. Es war nichts mehr zu erkennen. Überall hörte man Menschenschreie. Soweit man durch die Staubwolken sehen konnte, bedeckten Steine die ganze Straße. Das ganze Beben dauerte nur wenige Sekunden. Als der

Staub sich etwas verzogen hatte, wurde das ganze Ausmaß der Verwüstungen sichtbar. Reihenweise waren Häuser zusammengebrochen. Der Kirchturm war zusammengefallen. Überall Trümmer. Manfred hatte sich bei Beginn des Bebens in eine Einfahrt gerettet. Aber wo war Maria? Sie hatte sich doch kurz zuvor eine Tafel an der alten Kirche angesehen. Manfred eilte zu der Stelle, wo er sie zuletzt gesehen hatte. Von einem Gesteinsbrocken des Turms getroffen, lag sie blutend zwischen den Trümmern. Er räumte mit seinen Händen die Trümmerstücke von ihrem Körper, andere Personen halfen ihm dabei. Ihr Hinterkopf und eine Schulter waren total zertrümmert. Ein furchtbarer Anblick. Ein vorbeieilender Arzt untersuchte den geschundenen Körper. Ein Erdbeben hatte ihr Leben beendet. Manfred konnte sich nicht mehr auf den Beinen halten, er setzte sich auf die Trümmer zu Füßen von

Maria. Der Arzt sagte zu ihm: „Sie sollten hier nicht sitzen bleiben. Bei Nachbeben können immer noch weitere Trümmer herabstürzen. Halten Sie sich in der Mitte der Straße auf!" Manfred, in anderen Lebenslagen ein entscheidungsfreudiger und zupackender Mann, wusste nicht, was er tun sollte. Eine ältere gänzlich in Schwarz gekleidete Frau trat neben Manfred: „Hier können Sie nichts mehr tun. Kommen Sie mit mir, meine Wasserleitung ist noch in Takt. Dort können Sie sich waschen." Manfred folgte ihr wortlos wie im Schockzustand. Als er sich in ihrer kleinen Wohnung gesäubert und gewaschen hatte, sagte er nur: „Danke". „Setzen Sie sich. Sie müssen etwas trinken." Die alte Frau wies ihm einen alten Holzstuhl in ihrer Küche an. Als sie ihm nach dem Glas Wasser noch einen Grappa anbot, löste sich die Anspannung in ihm. Sie kamen ins Gespräch. Er berichtete von seiner

Geschäftspartnerin, die nun draußen zwischen den Trümmern lag, aber auch von seiner Familie in Deutschland und von seinem Geschäft, das ihn hierher nach Umbrien geführt hätte. Die alte Frau erzählte, dass dieses Beben nicht das erste in dieser Region gewesen sei. In den letzten Jahren und auch in früheren Jahrhunderten hätte es hier immer wieder Erdbeben mit vielen Toten gegeben. Auch ihre Eltern wären bei einem Beben ums Leben gekommen. Aber an der Bauweise der Häuser hätte sich nie etwas geändert. Nach den Aufräumarbeiten hieß es immer, alles wird wieder so schön aufgebaut, wie es einmal war.

Plötzlich schien Manfred wieder klar denken zu können. Er sprang von seinem Stuhl, bedankte sich vielmals bei der alten Dame und eilte hinüber zur Kirche. In dem Ort wimmelte es jetzt von Hilfskräften. Ärzte aus der Umgebung, Feuerwehrleute, technische Hilfskräfte,

Mitarbeiter vom Roten Kreuz und Carabinieri. Als Manfred die Trümmer vor der völlig zerstörten Kirche erreichte, musste er mit anschauen, wie Sanitäter seine Mitarbeiterin Maria Sabatini gerade in einen Leichensack betteten. Ihr Kopf sah fürchterlich aus. Er nahm ihre Ledertasche, die unter ihr begraben war, an sich und folgte ihr zum Leichenwagen. Dann wurde er von einer Polizistin angehalten. Sie bezichtigte ihn des Diebstahls der Handtasche der gerade geborgenen Frau. Da Manfred Italienisch sprach, versuchte er ihr klarzumachen, dass die Tasche seiner Mitarbeiterin gehörte, mit der er zusammen die Stadt besichtigt hätte, als das Erdbeben geschah. Nachdem er der Polizistin den Namen der Verstorbenen, ihren Wohnort und das Kennzeichen ihres vor der Stadt geparkten Autos nannte und sich die Angaben anhand der in der Tasche gefundenen Papiere bestätigten, konnte er weitergehen. Inzwischen war der Leichenwagen jedoch bereits fortgefahren. Was sollte er tun? Manfred versuchte zuerst seine Frau in Deutschland zu informieren. Er bekam jedoch keinen Anschluss. Offenbar waren die Masten für die Datenübertragung ebenfalls durch das Beben beschädigt worden. Über Trümmer und Steine hinweg und durch die Rettungskräfte und die Geretteten hindurch suchte er den Weg zum Parkplatz vor den Toren der Stadt. Als er in Marias Auto saß, wurde ihm erst richtig bewusst, welche Änderungen sich durch das Beben ergeben hatten. Er versuchte Ordnung in seine Gedanken zu bringen. Was für Schritte waren notwendig? Welche Maßnahmen mussten ergriffen werden? Manfred versuchte noch einmal seine Frau zu erreichen. Es klappte. Als sie sich fröhlich meldete, sagte er ihr, dass etwas Schlimmes passiert sei. Er schilderte ihr den Ausflug in die Sibillinischen

Berge, von dem anschließenden Besuch in Norcia, als sich das schreckliche Erdbeben ereignete und von dem Tod seiner Mitarbeiterin Maria Sabatini. „Ich dachte, Du wärst auf einer Geschäftsreise. Was habt ihr denn in den Bergen gemacht?" fragte Laura verwundert dazwischen. „Laura, ich erklär Dir alles ausführlich, wenn ich wieder zu Hause bin. Ich werde aber nicht schon morgen kommen können, sondern muss hier in Spoleto im Geschäft die Weichen neu stellen. Zunächst muss ich die Verwandten von Maria finden und ihnen das Geschehene berichten. Sei bitte nicht böse, ich muss jetzt Schluss machen, weil ich möglichst beim Einsetzen der Dämmerung in Spoleto sein möchte. Ich hab Dich lieb." Obwohl Manfred von den Gedanken, die durch seinen Kopf schossen, noch ganz benommen war, setzte er den Wagen in Bewegung und fuhr zurück nach Spoleto. Er suchte zunächst das Verwaltungsgebäude seiner italienischen Filiale auf. Es war kurz nach 18 Uhr. In dem Gebäude brannte kein Licht mehr. Nur der Pförtner saß noch in seinem Torhäuschen. Als er Manfred und Marias Auto erkannte, kam er heraus. Manfred stieg aus, begrüßte den Pförtner per Handschlag und fragte ihn, ob er ihn in seinem Häuschen sprechen könnte. Beide nahmen drinnen Platz. Der Pförtner bot Manfred Kaffee aus seiner Thermosflasche an. Manfred erzählte dem Pförtner, der sich mit Georgio Ventura vorstellte, das Geschehen. „Sie haben keine Chefin mehr", fügte Manfred hinzu. Der Pförtner war entsetzt. „Und wie soll es hier weitergehen?", fragte er Herrn Kellerer. „Das überlege ich mir auch gerade", antwortete Manfred. Dann sagte er „Geben Sie mir bitte die Telefonnummer des Produktionsleiters". Manfred erreichte Signor Sirola und berichtete ebenfalls über das tragische

Geschehen. „Was halten Sie davon“, fragte Manfred „wenn wir Montagvormittag eine Betriebsversammlung abhalten. Oder stört das den Betriebsablauf?“ Signor Sirola fand den Vorschlag gut. „Je eher, desto besser.“ Manfred verabschiedete sich von dem Pförtner und begab sich in sein Hotel. Von dort versuchte er seinen Prokuristen in Baden-Baden zu erreichen. „Werner Schweitzer“, meldete er sich. Wieder berichtete Manfred über die tragischen Ereignisse und den Tod von Signora Sabatini. „Ich muss schnell die Nachfolge regeln. In Sporeto kommt niemand in Frage. Die Personaldecke dort ist ohnehin sehr dünn. Fällt Ihnen eine Person aus unserem Hause ein?“ Manfred spürte, wie der alte erfahrene Prokurist überlegte. „Mir fällt jemand ein“, sagte er plötzlich: „Die Leiterin der Boutique in Heidelberg, Frau Kleinschmid. Sie ist nicht nur fachlich sehr gut Sie ist gebürtige

Italienerin und, soviel wie ich mitbekommen habe, geschieden, also offensichtlich ungebunden. Sie kennt sich mit Ein- und Verkauf gut aus." „Eine gute Idee, Werner. Die Produktion in Spoleto ist bei Signor Sirola in guten Händen. Ich werde schnellstmöglich Kontakt zu Frau Kleinschmid aufnehmen. "

Manfred schaute auf die Uhr: Es war kurz vor 20 Uhr. Er würde es morgen Vormittag versuchen. Er verspürte überhaupt keinen Appetit und hatte keine Lust, ein Restaurant aufzusuchen. Manfred rief seine Frau an. „Ich warte schon den ganzen Abend auf Deinen Anruf", begrüßte sie ihn. Dann berichtete Manfred über die Ereignisse des ganzen Tages. „Von dem Erdbeben im Apennin brachten sie eben Bilder in den TV-Nachrichten. Es sah furchtbar aus. Die Behörden hätten mindestens zwölf Tote und noch viele Vermisste oder Verschüttete gemeldet. Ist Dir wirklich nichts passiert?" fragte Laura ihren Mann. "Nein, nein, alles in Ordnung."

Er erzählte ihr, dass er Montagmorgen im Werk eine Betriebsversammlung abhalten wollte und anschließend nach Hause käme. Es könnte spät werden. Plötzlich fiel es Manfred ein, dass er sich überhaupt noch nicht nach Angehörigen von Maria erkundigt hatte. Es war inzwischen kurz vor 22 Uhr geworden. Er begab sich zur Ruhe. „Morgen ist auch noch ein Tag", dachte er.

Am nächsten Morgen, es war Sonnabend, fuhr Manfred mit seinem Wagen zu einer Polizeistation. Er schilderte dem Beamten die Geschehnisse. „Ich kenne Signora Sabatini lediglich als meine hiesige Geschäftsführerin. Ich habe aber keine Ahnung, ob sie Verwandte hatte oder Freunde und nähere Bekannte". Er erkundigte sich, ob man nicht zumindest einige aus diesem Personenkreis über die Telefonate von

Signora Sabatini rückverfolgen und ausfindig machen könnte. Der Polizeibeamte sagte zu Manfred; „Es ist merkwürdig, mit dem gleichen Ansinnen und mit der gleichen Frage ist gestern Abend ein angeblicher Freund von Signora Sabatini auf die Polizeiwache gekommen: Ich kann Ihnen nur das Gleiche sagen, das ich dem Herrn gestern gesagt habe: ‚Derartige Auskünfte können wir, wenn nicht Gefahr im Verzuge ist, leider nicht geben.'" Manfred fuhr noch einmal zur Verwaltung seiner Niederlassung. Diesmal saß ein anderer Pförtner in der Loge. Manfred stellte sich vor und sagte, dass er nach einer Lösung suche, eventuelle Angehörige oder Bekannte von Frau Sabatini ausfindig machen könnte. „Ich könnte Ihnen die Anschrift oder auch die Telefonnummer eines guten Bekannten von Signora Sabatini geben, der hier in der Personalabteilung arbeitet. Vielleicht kann der Ihnen weiterhelfen. Es ist ja schrecklich, was passiert ist. Signora Sabatini war eine gute Chefin." Währenddessen blätterte er in einem Adressbuch. „Hier hab ich ihn: Signor Baretti". Der Pförtner notierte die Telefonnummer und die Anschrift auf einem Zettel und reichte diesen an Manfred. Manfred rief Signor Baretti an. „Ich glaube, ich kann Ihnen helfen. Wollen Sie zu mir kommen? Ich wohne nicht weit entfernt vom Werk." „Passt es, wenn ich Sie gleich aufsuche?" „Si, si" antwortete Signor Baretti. Mit Hilfe seines Navis hatte Manfred den Weg schnell gefunden. Signor Baretti erzählte Manfred, dass Maria Sabatini eine Schwester hätte, Signora Alberti, die in Siena wohnte. Über weitere Verwandte müsste ja Signora Alberti Bescheid wissen. Manchmal wäre Signora Sabatini nach Feierabend von einem Herrn hier aus Spoleto abgeholt worden. Ein großer, schlanker Mann mit recht langen dunklen Haaren. Er hätte sich ihm einmal vorgestellt, er hätte aber den Namen wieder vergessen. Manfred bedankte sich für die Auskünfte und beschloss, Marias Schwester in Siena anzurufen. „Zunächst möchte ich ihnen meine herzliche Anteilnahme aussprechen. Es war schrecklich, unmittelbarer Zeuge des Unglücks gewesen zu sein. Wir müssen einige Dinge besprechen. Würde es Ihnen passen, wenn ich morgen nach Siena komme?", fragte Manfred. Signora Alberti sprach kurz mit ihrem Mann und willigte ein.

Es war sonniger Sonntagmorgen. Gegen 11 Uhr traf Manfred – wie vereinbart – bei Ehepaar Alberti ein. Manfred stellte sich vor, dass er der Leiter einer Lederwarenfabrik in Deutschland sei, dass er vor einigen Jahren die in finanzielle Schwierigkeiten geratene Fabrik in Spoleto übernommen hätte. Die Leitung hatte, wie Sie wissen, Ihre Schwester Signora Sabatini übernommen. Am letzten Donnerstag wäre er nach Spoleto gefahren und hätte am Freitag der Fabrik einen Besuch abgestattet und mit Signora Sabatini und einigen Mitarbeitern Gespräche über anstehende Investitionen geführt. Diese Gespräche wären am Sonnabendmittag beendet gewesen. Da er am gleichen Tag nicht mehr die Heimreise nach Deutschland antreten konnte, hätte Signora Sabatini den Vorschlag gemacht, das schöne Wetter für einen Ausflug in die Sibillinischen Berge zu nutzen. Auf der Heimfahrt hätten sie dann den kurzen Abstecher in den historischen Ort Norcia gemacht. Dann passierte das Erdbeben. Es war furchtbar. Es ist schlimm, neben einer Verunglückten zu stehen und nichts unternehmen zu können. Er hätte nicht nur eine tüchtige Mitarbeiterin verloren, sondern auch einen sehr sympathischen Menschen. Er würde den Ausflug und damit die letzten Stunden mit ihr nie vergessen. Nach der Bergung ihres Leichnams wäre er dann mit ihrem Auto nach Spoleto zurückgefahren. Nach einer kurzen Zeit des Schweigens sagte Signora Alberti: „Marias Wunsch war es immer gewesen, da sie ja keine Kinder hatte, einmal neben ihren Eltern hier in Siena beigesetzt zu werden. Diesen Wunsch werden wir ihr erfüllen." Manfred und das Ehepaar Albertil besprachen noch einige formale Dinge. Dann verabschiedete sich Manfred und fuhr zurück nach Spoleto. Am nächsten Tag berichtete Manfred in einer kurzfristig anberaumten Betriebsversammlung den Mitarbeitern, wie ihre bisherige Chefin Signora Sabatini ums Leben gekommen sei. Dann verkündete er, dass Signor Sirola bis zur Ernennung einer Nachfolgerin oder eines Nachfolgers kommissarisch die Gesamtleitung des Betriebes übernehmen würde.

Gegen Mittag trat Manfred dann die Heimreise nach Baden-Baden an, wo er kurz vor Mitternacht eintraf. Er schilderte seiner Frau noch einmal alle Einzelheiten seiner Reise. Dann fragte Sie ihn: „Aber was wolltet ihr denn in den Sibillinischen Bergen?" Er erklärte ihr, dass er am Nachmittag nach der Geschäftsbesprechung nicht mehr heimfahren konnte und deshalb den Vorschlag von Signora Sabatini gerne angenommen hätte. Die Fahrt ins Gebirge wäre sehr eindrucksvoll und wunderschön gewesen. Aber dann ereignete sich das schreckliche Unglück in Norcia. „Und wie soll es jetzt in Spoleto weitergehen?" wollte Laura nach einer Weile wissen. „Ich werde morgen nach Heidelberg fahren und mit unserer dortigen Boutiqueleiterin Frau Kleinschmid sprechen. Ich hoffe, sie nimmt das Angebot an, die Geschäftsführung in Spoleto zu übernehmen. Dann muss ich mich um die

Trauerfeier im Werk in Spoleto kümmern. Ich werde wohl vorher noch einmal hinfahren müssen, um vor Ort alles Erforderliche zu besprechen und zu organisieren. Ich hoffe, dass mir der dortige Produktionsleiter behilflich sein kann".

Das Gespräch mit Frau Kleinschmid verlief sehr unbefriedigend für Manfred. Frau Kleinschmid lehnte das Angebot ab. Sie übte ihre Position in Heidelberg gerne aus. Die Umsätze hätten sich seit Aufnahme ihrer Tätigkeit in dem Fachgeschäft – wie Manfred wohl wüsste – gut entwickelt. Da sie aber ihre alten Eltern zuweilen unterstützen müsste und auch einen großen Freundeskreis in Heidelberg hätte, wollte sie dort bleiben. Manfred drückte ihr gegenüber sein Bedauern aus, zeigte aber Verständnis für ihre Entscheidung. Er bedankte sich bei ihr für die bisherige gute Zusammenarbeit und verabschiedete sich.

Zurück in Baden-Baden telefonierte er mit dem Produktionsleiter in Spoleto. Der erzählte ihm, dass im Werk für leitende Mitarbeiter bereits einige Male Trauerfeiern abgehalten worden seien. Er wüsste, was zu erledigen sei. Manfred brauchte vorher nicht extra zu kommen. Manfred war erleichtert. Aber wer könnte Nachfolger für Maria Sabatini werden. Manfred besprach sich noch einmal mit seinem Prokuristen Herrn Schweitzer. „Gibt es in den Filialen in Italien nicht jemand, der über kaufmännische und organisatorische Kenntnisse verfügt und das Umfeld gut kennt?" fragte Herr Schweitzer. Manfred meinte jedoch, die Filialleiterinnen wären noch zu jung, um das Werk in Spoleto zu führen. Dann fiel ihm ein, dass die Filialleiterin in Spello, Signora Barthe, ihm einmal bei einer Visite erzählt hätte, dass ihr Mann einst Geschäftsführer eines Supermarktes gewesen wäre. Nachdem der Markt aber dem Bau eines Busbahnhofs hätte weichen müssen und noch kein Platz für den Neubau des Supermarktes gefunden worden war, wäre ihr Mann arbeitslos und sie müsste ihre Familie allein ernähren. „Ich werde Frau Barthe anrufen und fragen, ob ihr Mann noch ohne Arbeit ist und eventuell Interesse hätte. Wenn das der Fall sein sollte, fahren wir beide nach Spello und schauen uns den Kandidaten einmal genauer an." Manfred rief Frau Barthe in der Filiale in Spello an und schilderte ihr die Situation nach dem Tode der bisherigen Chefin in Spoleto. Sie wollte mit ihrem Mann sprechen und zurückrufen. Am Nachmittag meldete sich Herr Barthe bei Manfred und teilte ihm seine grundsätzliche Bereitschaft mit, den Posten zu übernehmen. Er wüsste jedoch gerne weitere Einzelheiten und würde gern zu einem Gespräch nach Baden-Baden kommen. Sie vereinbarten ein Treffen im Hauptsitz des

Unternehmens bereits für den übernächsten Tag.

Das Gespräch zwischen Manfred und dem Prokuristen mit Signor Barthe wurde erfolgreich abgeschlossen. Manfred war überzeugt, dass Signor Barthe für den Posten geeignet war. Zusammen mit dem Produktionsleiter würde er als Co-Geschäftsführer für den kaufmännischen Bereich einschließlich Einkauf und Vertrieb verantwortlich sein. Sie einigten sich darauf, dass er am Tag nach der Trauerfeier Herrn Barthe im Werk in Spoleto vorstellen würde. Bei einem gemeinsamen Mittagessen stießen Manfred, Herr Schweitzer und Herr Barthe auf eine gute Zusammenarbeit an. Vierzehn Tage später reiste Manfred mit seiner Frau nach Spoleto. Bei der Trauerfeier waren nicht nur alle Werksangehörigen sondern auch kommunale Vertreter, die Filialleiterinnen in Italien sowie Freunde und Bekannte der

Verstorbenen anwesend. Es war eine ergreifende Feier, auf der der Bürgermeister von Spoleto berichtete, dass nunmehr 27 Tote in Norcia geborgen worden seien. Anschließend würdigte Manfred die Leistung der Verstorbenen und ihren Einsatz für das Werk und für die Mitarbeiterinnen und Mitarbeiter.

Als Manfred mit seiner Frau nach der Feier gerade sein Auto besteigen wollte, wurde er von einem großen, schlanken Mann mit langen schwarzen Haaren angesprochen: „Was wollten Sie mit Maria in den Bellinischen Bergen? Sie haben in Deutschland doch auch Berge." Manfred war völlig perplex. Bevor er antworten konnte, schlug der ihm unbekannte Mann so mit der Faust ins Gesicht, dass Manfred kurz zu Boden sank. Seine Frau und andere Trauergäste halfen ihm wieder auf die Beine. Der unbekannte Mann war nicht mehr zu sehen. „Kanntest Du den Mann?" fragte seine Frau. Nachdem sich

Manfred von dem überraschenden Schlag erholt hatte, meinte er „Ich glaube, ich hab ihn nach dem Beben in Norcia neben der Kirche gesehen. Vielleicht war er ein guter Freund von Maria." Hatte der Unbekannte Manfred und Maria bei der Fahrt in die Sibillinischen Berge und nach Norcia verfolgt?

Sechs Jahre später machten Manfred und seine Frau eine Urlaubsreise in die Toskana. Als sie Siena besuchten, sagte Manfred „Wir sind hier gar nicht weit weg von Sorcia. Mich würde interessieren, wie weit der Wiederaufbau inzwischen vorgeschritten ist. Hättest Du Lust morgen dorthin zu fahren?" Laura antwortete: „Gerne. Bei der Gelegenheit kannst Du mir ja auch die Sibillinischen Berge zeigen." Laura war beeindruckt von dem schneebedeckten Gipfel des Monte Vettore. Danach besuchten sie Sorcia. Vieles war zwischenzeitlich wieder aufgebaut worden. Dennoch prägten zahlreiche Ruinen das Ortsbild. Ein Bewohner erzählte, dass nach dem Erdbeben viele, vor allem junge Menschen den Ort für immer verlassen hätten. Keiner wollte die Ruinengrundstücke kaufen. Bald ist Sorcia eine Geisterstadt. Schließlich zeigte Manfred Laura die Stelle neben der im alten Stil wieder aufgebauten Kirche, wo Maria Sabatini zu Tode gekommen sei. An der Kirchenmauer war ein kleines Messingschild befestigt: *„Hier starb meine geliebte Freundin Maria Sabatini. Dr. Francesco Cuneo"*.

„Ob das der Mann ist, der mich nach der Trauerfeier damals k.o. schlug? Ich würde ihn gerne kennenlernen." Manfreds Frau zog ihn am Arm. „Komm, lass uns zum Auto gehen. Reiß keine alten Wunden auf."

Böses Erwachen

Es war noch frisch, als sich am frühen Morgen sechsundzwanzig vornehmlich ältere Personen, die sich für eine Reise nach Schweden angemeldet hatten, am traditionellen Abfahrtspunkt des Busses eingefunden hatten. Die Stimmung unter den Fahrgästen war fröhlich und erwartungsvoll. Viele der Mitreisenden kannten sich bereits von vorangegangenen Reisen in andere europäische Länder. Nach und nach bildeten sich kleinere Gesprächsgruppen vor dem Bus. Als dann der Reiseleiter Dr. Hartung eingetroffen war und seine Mitreisenden gezählt hatte, rief er seinem Busfahrer zu: „Gregor, wir sind vollzählig." Ein kurzes Hup-Signal, und die Gäste nahmen im Bus Platz. Nachdem der Bus an einer anderen Haltestelle zwei weitere Ehepaare aufgenommen hatte, war die Reisegruppe komplett. Die

Reisenden hofften, wieder eine unterhaltsame und interessante Fahrt vor sich zu haben. Das Wetter spielte an dem frühen Morgen mit: Die Sonne schien und trug zu der gelösten heiteren Atmosphäre im Bus bei. Als die Autobahn erreicht war, griff Dr. Hartung das Mikrofon, begrüßte nochmals alle Gäste, stellte seinen den meisten Gästen bekannten Fahrer vor, wies auf die ausreichend vorhandenen Mineralwasservorräte hin, erklärte kurz den Verlauf der Reise an diesem Tag und wünschte allen Teilnehmern eine angenehme Fahrt.

Gegen elf Uhr erreichten sie den Fährhafen Puttgarden auf der Insel Fehmarn. Während der Überfahrt hielten sich die meisten Reisegäste auf dem Oberdeck der Fähre auf. Der Fahrtwind sorgte für eine frische Brise. Ansonsten genossen die Gäste die Ostseequerung bei herrlichem Sonnenschein. Sie unterhielten sich und freuten sich auf die kommenden zehn Tage in Schweden. Nach einer etwa dreiviertelstündigen Überfahrt nach Rödbyhavn auf der Insel Lolland war Dänemark erreicht. Von Rödby führte die Fahrt zunächst zu einem Landgasthof. Dr. Hartung hatte zuvor den Gästen für das Mittagsmahl drei verschiedene Gerichte angeboten. Das Ergebnis der Umfrage hatte er der Leitung des Gasthofes mitgeteilt, so dass seine Gäste nicht lange auf das Essen warten mussten. Die Meisten hatten sich für Spargel mit Schinken entschieden. Köstlich! Dazu ein kühles Bier oder einen Riesling. Eine genussvolle Mahlzeit. Als Nachtisch wurde rote Grütze serviert. Die Reiseteilnehmer waren vollauf zufrieden. Ein gelungener Reiseauftakt. Nach dem Essen ging die Fahrt weiter zur Insel Moen, wo eine Besichtigung der imposanten Kreideküste auf dem Programm stand. Die hohen schneeweißen Felsen im gleißenden

Sonnenlicht. Davor die blaue Ostsee. Ein eindrucksvolles Bild bot sich den Betrachtern. „Wie auf Rügen", entfuhr es einem Gast. Diejenigen Gäste, die sich die Felswände von unten ansehen wollten, hatten die Gelegenheit, eine hölzerne Treppe hinabzusteigen. Der Strand war übersät von Flintsteinen. Wie hart diese waren, konnte man an dem Geräusch hören, als die Gäste über sie zur Wasserlinie gingen. Anschließend wurde in einem kleinen Café eine kurze Pause eingelegt. Auf einer Terrasse ließen sich die Gäste Kaffee und Kuchen schmecken. Das Hupen des Busfahrers war das Zeichen zum Aufbruch. Südlich an Kopenhagen vorbei ging die Fahrt dann über die große Öresundbrücke hinüber nach Schweden. Da eine Fähre nach Gotland am nächsten Tag ausgebucht war, hatte der Reiseleiter kurzfristig umdisponiert und die erste Übernachtung nach Lys in Südschweden verlegt. Bei anbrechender Dunkelheit trafen sie in dem weißgestrichenen Landhotel ein. Es machte einen freundlichen Eindruck. Vor dem Hotel luden schwere Holzstühle und Tische zum Verweilen ein. An einem der Tische saßen vier junge Männer in Motorradkleidung, die die angekommenen Busreisenden fröhlich begrüßten und ihnen zuprosteten. Dem Aussehen nach schienen sie Südeuropäer zu sein. An einem anderen Tisch saß ein älteres Ehepaar. Der Fahrer hatte seinen Reisebus an den Rand des vor dem Hotel gelegenen großen Parkplatzes abgestellt, auf dem noch ein Wohnmobil und zwei Pkw standen. Er öffnete die großen breiten Klapptüren an den unteren Seiten des Busses, damit die Mitreisenden an die von ihnen während der Nacht benötigten Sachen herankommen konnten. Die meisten der Busreisenden beschränkten sich auf die Mitnahme von kleinen Taschen. Sie übernachteten ja lediglich eine Nacht! Nur wenige nahmen sicherheitshalber ihr gesamtes Gepäck mit ins Hotel. Danach trafen sich die Reiseteilnehmer, der Reiseleiter und der Fahrer in dem Restaurationsraum des Hotels zum gemeinsamen Abendessen. Es bildeten sich gleich Gruppen von Teilnehmern, die sich näher kannten oder schon andere Reisen mit Dr. Hartung gemacht hatten. Das Ehepaar Schrader aus Hamburg und die Eheleute Wuttke aus Frankfurt setzten sich an einen gesonderten Tisch zusammen. Sie hatten sich längere Zeit nicht gesehen. Die Männer, Hartmut Schrader und Jörg Wuttke, waren seit ihrer gemeinsamen Studienzeit in München befreundet, wo sie Zimmer in einem Haus bewohnt und sich kennengelernt hatten. In den letzten Jahren hatten sie zusammen mit ihren Ehefrauen viele gemeinsame Fahrten innerhalb Deutschlands, aber auch ins benachbarte Ausland unternommen.

154

Hartmut und seine Frau Ursula hatten häufig von den interessanten und informativen Fahrten mit dem Reiseleiter Dr. Hartung erzählt. Dr. Hartung war Kunsthistoriker und organisierte seine Fahrten entsprechend. Zu den Zielen in seinen Reiseprogrammen zählten häufig Besichtigungen historischer Bauten. Natürlich vielfach Sakralbauten, da andere Gebäude in den Städten im Laufe der Zeit meistens abgerissen worden waren. Von den Reiseberichten waren Jörg und Sigrid Wuttke sehr angetan, so dass sie Schraders fragten, ob sie etwas dagegen hätten, wenn sie sich an der Reise mit Dr. Hartung nach Schweden beteiligen würden. Hartmut empfahl ihnen, sich direkt mit dem Reiseleiter in Verbindung zu setzen. Auf diese Weise kam die gemeinsame Busreise zustande. Nach dem Abendessen begaben sich die Busreisenden nach und nach auf ihre Zimmer. Sie waren am Morgen früh aufgestanden und hatten die nötige Bettschwere. Der Reiseleiter hatte ihnen zuvor noch eine gute Nacht gewünscht und die Abfahrtzeit am nächsten Morgen auf neun Uhr festgelegt. „Das Frühstückbuffet ist ab sieben Uhr geöffnet."

Die ersten Gäste und auch der Fahrer erschienen am nächsten Morgen pünktlich um sieben Uhr im Frühstücksraum. Als die nächsten Gäste kamen, war der Fahrer bereits zu seinem Bus gegangen, um diesen startklar zu machen. Plötzlich tauchte er wieder im Frühstücksraum auf und berichtete ganz aufgeregt, dass in den Kofferraum des Busses eingebrochen worden wäre. Wie ein Lauffeuer sprach sich dies unter den Gästen herum. Ein Teil unterbrach das Frühstücken, andere, die sich noch in den Zimmern aufgehalten hatten, eilten herbei und wollten Näheres wissen. Auch der Reiseleiter war informiert worden und gesellte sich zu seinen Mitreisenden. Er fragte den Busfahrer, ob die Polizei schon verständigt worden sei. Gregor, der Fahrer, berichtete, dass er niemanden auf der Polizeistation erreicht hätte. Dr. Hartung versuchte ebenfalls unter „112" Verbindung zur Polizei zu bekommen. Vergeblich. Es war Sonntagmorgen! Lys war eine Kleinstadt! Daraufhin gingen die meisten Fahrgäste zusammen mit dem Fahrer zum Bus. Als der Fahrer die Klappe des Gepäckraumes öffnete, sahen die Reisenden, dass einige Koffer und Taschen geöffnet und durchwühlt worden waren, vieles lag durcheinander. Dr. Hartung erklärte, dass, bevor die Polizei käme, jeder feststellen sollte, ob und was gestohlen worden sei. „Ich schlage vor, wir gehen in der Reihenfolge der Gästeliste vor. Jeder kennt ja seine Gepäckstücke und sollte diese überprüfen und außerhalb des Gepäckraumes aufstellen. „Ehepaar Andresen: Beginnen

Sie bitte?" Das Ehepaar fand schnell seine Koffer, stellte fest, dass beide Koffer noch verschlossen und unbeschädigt waren. Auch Frau Emmerich sah ihre Tasche und meinte, dass nichts gestohlen worden wäre. „Ehepaar Finnern." Das Ehepaar fand einen ihrer Koffer geöffnet. Offensichtlich war einiges daraus entwendet worden. „Wir haben eine Checkliste über den Inhalt der Koffer dabei. Was gestohlen wurde, können wir schnell feststellen." Herr Finnern stellte den geöffneten Koffer auf den Parkplatz, bat seine Frau den noch vorhandenen Inhalt festzustellen, während er auf der Checkliste diese abhakte. „Es fehlen ein Jacket, zwei Regenjacken, ein Fernglas und meine leichten Schuhe. Vielleicht noch das eine oder andere Wäschestück oder Strümpfe. Die hab ich nicht einzeln aufgelistet."

„Ehepaar Koch", rief Herr Dr. Hartung auf. Herr Koch erwiderte: „Unsere beiden

Lederkoffer sind nicht zu finden!" Der Fahrer fragte nach der Farbe. Herr Koch antwortete: „Schwarze Lederkoffer mit einem Namensschild an den Griffen." Fahrer Gregor krabbelte in den großen Kofferraum, konnte aber keinen schwarzen Lederkoffer finden. Entsetzen machte sich unter der Reisegesellschaft breit. An Gregor gewandt fragte Herr Reimers: „War der Kofferraum denn überhaupt abgeschlossen während der Nacht?" Gregor schien wie von einem Schlag getroffen. „Natürlich hab ich abgeschlossen! Ich bin seit fast dreißig Jahren Busfahrer. So etwas ist mir noch nie passiert." Herr Reimers entschuldigte sich. „War nur eine Frage." Den von Herrn Reimers geäußerten Verdacht hegten offensichtlich auch andere Gäste, zumal keinerlei Einbruchspuren an der Gepäcktür des Busses zu erkennen waren. Die weitere Untersuchung ergab, dass bei mehreren Reisenden und auch bei dem

Reiseleiter Sachen aus den Koffern und Taschen entwendet worden waren. Einem weiteren Ehepaar fehlten ebenfalls beide Koffer. Ausgerechnet bei Ehepaar Wuttke, das die erste Reise mit Dr. Hartung unternahm. Bei einem nochmaligen Versuch, die Polizei zu erreichen, hatte Dr. Hartung zwar Erfolg. Die Beamten erklärten ihm aber, dass sie, da sie wegen des Sonntags nur zu zweit seien und die Polizeistation besetzt bleiben müsse, nicht zum Hotel fahren könnten. Die Reisegesellschaft müsste zu ihnen ins Kommissariat kommen. Dort würde alles zu Protokoll genommen. Der Reiseleiter erklärte seinen Gästen, dass es wohl keine andere Möglichkeit gäbe, als zur Polizeidienststelle zu fahren. Sie möchten sich zur Abreise fertigmachen. Die Reisenden frühstückten eilig zu Ende, holten ihre in die Zimmer mitgenommenen Sachen und begaben sich nach und nach in den Bus. Auf dem

Polizeikommissariat wurde zunächst der Reiseleiter umständlich nach dem Woher und Wohin befragt. Dann sprachen die Beamten mit dem Busfahrer. Ob er äußere Einbruchspuren an dem Schloss des Kofferraumes festgestellt habe. Gregor verneinte das. Die Türen des Kofferraumes würden von innen, vom Fahrerhaus verriegelt. „Und Sie haben die Türen tatsächlich verschlossen?" „Selbstverständlich! Ich hab sie heute Morgen wieder aufgeschlossen." Die Polizeibeamten nahmen die Aussagen aller Reisenden zu Protokoll. Dr. Hartung mischte sich ein: „Ich nehme an, die Geschädigten erhalten eine Kopie der Protokolle. Die Versicherungen legen Wert darauf, dass ein Diebstahl polizeilich gemeldet wurde." „Selbstverständlich", erwiderte ein Beamter. Einige Reisegäste verwiesen darauf, dass bei ihrer Ankunft gestern Abend, vier junge Männer, die vor dem Hotel saßen, ihren Weg vom Bus zum Hotel verfolgt hätten. Sie hätten wohl erkennen können, dass die meisten Reiseteilnehmer ihre Koffer im Bus gelassen hätten. „Kennen Sie die Männer und ihre Namen?" Das wurde natürlich verneint. „Wollen Sie Anzeige gegen Unbekannt erstatten?" fragten die Beamten weiter. Als einer der Reisenden bemerkte „Das bringt ja doch nichts", erntete er einen bösen Blick des Beamten. Die ganze Befragung der Geschädigten dauerte annähernd drei Stunden. Dann bestiegen die Reisenden wieder den Bus. Die ausgelassene Stimmung des Vortages und während des Frühstücks war dahin. Was war zu tun? Es prasselten Fragen auf den Reiseleiter nieder. „Sind wir eigentlich gegen einen derartigen Verlust versichert?" Dr. Hartung entgegnete: „Zunächst möchte ich feststellen, dass ein derartiger Diebstahl in meiner über zwanzigjährigen Reisetätigkeit zum ersten Mal passiert ist. Und ausgerechnet in

Schweden. Diejenigen, die eine Reisegepäckversicherung abgeschlossen haben, müssen sich an diese Versicherungen wenden. Über die Höhe der Entschädigung kann ich Ihnen nichts sagen. Sie dürfte bei den Versicherungen unterschiedlich sein. Was Ihnen abhanden gekommen ist, ist ja in den Ihnen ausgehändigten Protokollen der Polizei vermerkt. Diejenigen, die keine Gepäckversicherung abgeschlossen haben: Der Veranstalter, also ich als Reiseleiter, haftet grundsätzlich nicht für derartige Schäden. Eine Haftung ist in den Geschäftsbedingungen ausdrücklich ausgeschlossen. Jeder Gast haftet für sein Reisegepäck selbst. Ob das Busunternehmen haftet, werde ich während der Fahrt oder unmittelbar nach unserer Rückkehr klären." Herr Koch meldete sich zu Wort: „Meiner Frau und mir sind beide Gepäckstücke abhanden gekommen. Wir haben also nur das, was wir auf dem Leibe tragen und können deshalb die Reise leider nicht fortsetzen. Der Hauptgrund für unsere schnellstmögliche Rückkehr nach Hamburg ist aber folgender: An beiden Gepäckstücken sind Anhänger mit unserem Namen und unserer Heimatanschrift angebracht. Da die Gefahr besteht, dass der oder die Einbrecher zu einer international tätigen Bande gehören und den eventuellen Bandenmitgliedern in Deutschland mitteilen könnten, dass wir wahrscheinlich einige Zeit nicht in unserem Haus anwesend sein werden, und sie somit Zeit hätten, bei uns zuhause einzubrechen. Deshalb werden wir mit dem Taxi nach Malmö fahren, von dort mit dem Zug nach Kopenhagen und mit dem Flugzeug nach Hamburg zurückkehren." Das Ehepaar Wuttke aus Frankfurt, denen ebenfalls sämtliche Koffer gestohlen worden waren, schloss sich diesem Vorhaben an. „Wir werden auch so schnell wie möglich heimreisen." Dr. Hartung zeigte volles Verständnis für diese Entscheidung, wies aber darauf hin, dass eine volle Erstattung der bezahlten Reise durch ihn, den Veranstalter, nicht möglich sei. Die Hotelzimmer wären bei Antritt der Reise verbindlich gebucht worden, die Kosten für den Bus einschließlich Fahrer wären unabhängig von der Teilnehmerzahl. Lediglich die kalkulierten Kosten für die Fähren, für die Führungen usw. könnten zurückgezahlt werden." Der Reiseleiter fuhr fort: „Um den Reiseplan nicht vollends durcheinander zu bringen, schlage ich folgendes vor. Wir fahren zunächst nach Malmö zum Bahnhof und verabschieden uns von den beiden Ehepaaren Koch und Wuttke. Für die übrigen Bestohlenen besteht sicher die Möglichkeit, Ersatz für die wichtigsten abhanden gekommenen Dinge zu beschaffen. Sind Sie einverstanden?" Die Busbesatzung stimmte diesem Vorschlag einstimmig zu. Gregor hatte inzwischen sein Navi programmiert. Ziel: Bahnhof Malmö. Nach knapp einstündiger Fahrt hatten sie ihr Ziel erreicht. Dr. Hartung sprach den beiden Ehepaaren nochmals sein Bedauern für den Abbruch ihrer Reiseteilnahme aus und wünschte Ihnen eine schnelle und gute Heimreise. Diesen Wünschen schlossen sich alle anderen Reiseteilnehmer, die die Reise fortsetzen wollten, an. Bei denen, die die beiden Ehepaare näher kannten, floss schon die eine oder andere Träne. Die beiden Ehepaare erreichten noch am späten Abend, wie sie über ihre Handys berichteten, ihre Heimatorte.

In einem in der Nähe des Bahnhofs gelegenem Einkaufszentrum konnten die geschädigten Reiseteilnehmer Ersatz für die wichtigsten gestohlenen Sachen kaufen. Die Fahrt konnte fortgesetzt werden. Die Stimmung war im Eimer und sollte sich auch im weiteren Verlauf der Reise nicht wesentlich bessern. Am Abend erreichte die Busgesellschaft Kalmar.

Jeder nahm sein gesamtes Gepäck mit ins Hotel. Aber war es zum Beispiel während des Abendessens oder während des Frühstücks in den Hotelzimmern sicher? Oder während der Fahrt mit der Fähre? Bei früheren Fahrten war das kein Thema. Es ging ja bis dahin alles gut! Das sonst bei solchen Fahrten gewohnte lockere Beisammensein nach dem Abendessen gab es nicht mehr. Die Einen dachten an die beiden ihnen bekannten oder mit ihnen befreundeten Ehepaare, die die Reise abgebrochen hatten, andere an den Verlust ihrer Reisesachen sowie mit der Frage, ob ein Teil des Wertes von der Versicherung ersetzt werden würde.

Nachdem die geschädigten Reiseteilnehmer gegen Mittag das Polizeikommissariat in Lys verlassen hatten, machten sich die Beamten an die Arbeit. Auch wenn es Sonntag war. Sie verständigten ihre Kollegen in Malmö und baten um Amtshilfe bei der Suche nach den Dieben und den gestohlenen Sachen. Zwei Beamte fuhren in das Hotel, in dem die deutsche Reisegruppe übernachtet hatte. Sie befragten das Hotelpersonal nach den gestrigen Übernachtungsgästen. Neben der Reisegruppe übernachteten in der Nacht ein älteres Ehepaar aus Dänemark, das mit einem Pkw angereist war, und ein weiteres Ehepaar aus Schweden, das für eine Woche in dem Hotel gebucht hatte und am frühen Morgen bereits vor der Entdeckung des Einbruchs mit ihrem Pkw die Heimreise angetreten hatte. Das dänische Ehepaar wollte gerade abreisen, als die Polizeibeamten im Hotel eintrafen. Sie erzählten den Beamten, dass sie bei Ankunft im Hotel am Abend des Vortages lediglich ein Wohnmobil auf dem

Parkplatz gesehen hätten. Auf die Frage eines Beamten, ob sie sich an das Kennzeichen des Wohnmobils erinnern konnten, meinte die Frau, dass sie ziemlich sicher sei, dass es sich um ein deutsches Kennzeichen gehandelt hätte. An die Buchstaben und Ziffern des Nummernschildes konnte sie sich allerdings nicht erinnern. Ihr Ehemann erzählte, dass er, weil die Abendsonne das Hotel in einem schönen Licht erstrahlen ließ, zwei Fotos gemacht habe. Auf dem Einen meinte er sich zu erinnern, dass er auch den Parkplatz mit dem Wohnmobil aufgenommen hätte. Er holte sein Smartfon. Tatsächlich war auf einem Foto ein Teil des Wohnmobils fotografiert worden. Die beiden Pkw waren von der Kamera nicht erfasst worden. Bei Vergrößerung des Fotos war der vordere Teil des Nummernschildes des Wohnmobils erkennbar: HH – DU 7. Die restlichen Ziffern waren nicht sichtbar.

Auffällig an dem Wohnmobil war ein Schaden am linken vorderen Dachbereich. Im Hotel hatten sich der oder die Besitzer weder angemeldet noch zu Abend gegessen. Die schwedischen Beamten nahmen Kontakt zu ihren Kollegen in Hamburg auf mit der Bitte, den Eigentümer des Wohnmobils zu ermitteln. Die Antwort kam sehr schnell. Ein Wohnmobil mit den genannten Buchstaben und der folgenden Ziffer 7 wäre nicht gemeldet, Rückschlüsse auf den Besitzer des Wohnmobils also nicht möglich. Vor zwei Wochen wäre jedoch von einem Pkw ein Nummernschild mit den Buchstaben und Ziffern HH – DU 7771 gestohlen worden. Möglicherweise wäre dieses Schild an dem Wohnmobil angebracht worden. Dann erschien der Hotelmanager. Er erzählte den Beamten, dass er eine Überwachungskamera installiert hätte. Wegen der Dunkelheit der Nacht wären einige Gestalten jedoch nur schemenhaft am Wohnmobil zu erkennen. Die Abfahrt des Wohnmobils konnte jedoch mit 4:55 Uhr genau festgestellt werden. Als sich die Polizeibeamten den Standplatz des Wohnmobils näher ansahen, machten sie eine interessante Entdeckung: Eine Taschenlampe lag auf dem Boden. Die Beamten verstauten die Lampe in einen Plastikbeutel und hofften, an der Lampe Fingerabdrücke feststellen zu können. Gleichzeitig ging eine Fahndung in Südschweden und Dänemark heraus. Mit Erfolg: Auf der Autobahn hinter der Sundbrücke konnte das Wohnmobil mit dem genannten Nummernschild gestoppt werden. Die dänischen Polizeibeamten untersuchten das Wohnmobil und fanden aber nichts, was auf den Diebstahl in Lys hindeutete. Die drei jungen Männer und die junge Frau leugneten, auf dem Parkplatz in dem Hotel in Lys geparkt zu haben. Sie wurden mit auf die

Polizeistation und Fingerabdrücke von ihnen genommen. Diese wurden unverzüglich an die schwedischen Kollegen weitergeleitet. Treffer! Die Fingerabdrücke des einen jungen Mannes stimmten mit denen auf der auf dem Parkplatz gefundenen Taschenlampe überein. Darauf legten die Vier ein Geständnis ab und gaben zu, auf dem Parkplatz übernachtet zu haben. Mit dem Einbruch in den Bus hätten sie aber nichts zu tun und auch nichts gesehen. Sie hätten sich wegen der Dunkelheit auf dem Parkplatz mit der Taschenlampe den Weg zu ihrem Wohnmobil leuchten wollen. Die Vier wurden noch am gleichen Abend wegen Fahrens mit einem gestohlenen Nummernschild den deutschen Behörden in Flensburg gemeldet. Das Paar aus Schweden, das vor der Abfahrt des Reisebusses zur Polizeistation in Lys bereits abgereist war, meldete sich am frühen Nachmittag bei einer Polizeistation

172

in der Hafenstadt Landskrona. Die beiden jungen Schweden hatten im Autoradio gehört, dass in einem Hotel in Lys ein Reisebus aufgebrochen worden wäre. Wer sachdienliche Hinweise geben könnte, solle sich bei der nächsten Polizeidienststelle melden. Die Beiden waren auf der Rückfahrt in ihre Heimatstadt Helsingborg. Nachdem in ihrem Fahrzeug außer ihren persönlichen Dingen nichts Auffälliges festgestellt wurde, durften sie ihre Reise fortsetzen. Auch das Fahrzeug des dänischen Paares, das den Hinweis auf das deutsche Kennzeichen des Wohnmobils gegeben hatte, war auf dem Parkplatz vor dem Hotel untersucht worden. Auffälligkeiten konnten ebenfalls nicht festgestellt werden. Die Suche nach den geraubten Sachen aus dem Reisebus blieb erfolglos. Die weiteren Ermittlungen der schwedischen Polizei konzentrierten sich jetzt auf die vier Motorradfahrer, die bei

Ankunft des Reisebusses aus Deutschland am Vortag vor dem Hotel gesessen hatten. Wo sie übernachtet hatten, war nicht festgestellt worden. Ein Mitglied der Besatzung der Fähre von Trelleborg nach Rostock hatte zufällig mitbekommen, dass vier Motorradfahrer gesucht würden. Er hatte am Nachmittag vier Motorradfahrern aus Ungarn den Stellplatz auf der Fähre zugewiesen. Waren es die Gesuchten? Er verständigte seinen Vorgesetzten auf der Fähre. Der wiederum informierte den Kapitän, der Kontakt zu der Polizei in Trelleborg aufnahm und den Beamten seinen Verdacht mitteilte. Die schwedischen Beamten unterrichteten unverzüglich ihre deutschen Kollegen im Zielhafen Rostock. Als die Fähre dort eintraf, wurden die vier Motoradfahrer zu einer Befragung zur Grenzpolizei gebeten. Es verging eine Weile bis man einen ungarisch sprechenden Übersetzer in Rostock gefunden hatte. Schließlich meldete sich ein Arzt aus der Universitätsklinik, der aus Budapest stammte. Nach Aufnahme ihrer Personalien und teilweise widersprüchlichen Auskünften über ihre Reise in Schweden wurden sie gebeten, ihre Handys und Smartfons für die weiteren Ermittlungen zur Verfügung zu stellen. Drei von ihnen kamen dieser Bitte nach. Der Vierte schmiss voller Wut sein Smartfon auf den Boden und trat so heftig darauf, dass es zerstört war. Auf die Frage des vernehmenden Beamten, warum er die Zerstörung vorgenommen hätte, antwortete er, dass seine persönlichen Daten niemanden etwas angingen. Wegen des Verdachts auf Vertuschung einer Straftat wurde das zerstörte Smartfon konfisziert. Den Experten gelang es sehr schnell, die letzten Gesprächsverbindungen zu ermitteln. Am letzten Abend wurden mehrere Gespräche mit einem Teilnehmer aus Deutschland geführt, der in Schweden ein Landhaus besaß und sich zurzeit dort offensichtlich aufhielt. Alle vier Motorradfahrer wurden nacheinander getrennt voneinander verhört. Sie gaben übereinstimmend zu Protokoll, dass sie eine Urlaubsreise nach Schweden gemacht hätten. Auf die Frage des Beamten, von wo aus sie nach Lys gefahren seien, gaben sie jedoch sehr unterschiedliche Antworten. Der Eine behauptete, sie wären von Göteborg gekommen, ein Anderer sagte, sie wären von Dänemark eingereist, ein Weiterer gab Stockholm an. Der Vierte, der sein Smartfon zerstört hatte, verweigerte die Aussage. Auch auf die Frage, was er mit dem Deutschen am Abend besprochen hätte, verweigerte er die Auskunft: „Reine Privatsache!" Das Landhaus des deutschen Gesprächsteilnehmers wurde schnell ermittelt. Es lag in einem Wäldchen nicht weit entfernt von Lys. Als die schwedischen Polizeibeamten dort erschienen, öffnete eine junge Frau die Tür. Sie gab sich als eine Bekannte des Hauseigentümers aus, der aber zurzeit nicht anwesend sei. Als die Beamten baten, ins Haus eintreten zu dürfen, sahen sie, wie ein junger Mann, der einen Nebenausgang benutzt haben musste, in einen neben dem Haus geparkten Lieferwagen sprang und davonraste. Die Polizeibeamten nahmen sofort die Verfolgung auf. Mit Unterstützung des Martinshorns und des Blaulichts kamen sie bei der Fahrt durch kleinere Ortschaften dem Flüchtigen immer näher. Da er Richtung Ystam raste, verständigten die Beamten ihre dortigen Kollegen. Von hinten und vorn von den Polizeifahrzeugen eingekesselt, gab der Flüchtige schließlich auf. Als die Beamten das Fluchtfahrzeug untersuchten, trauten sie ihren Augen nicht: Es enthielt die Koffer, Taschen und Kleidungsstücke sowie Schmuck, die in der Nacht zuvor

aus dem deutschen Reisebus in Lys
gestohlen worden waren. „Woher haben
sie diese Sachen?" fragte einer der
Beamten. Die hätte er von einem
Bekannten zur Aufbewahrung erhalten.
Den Namen des Bekannten kenne er aber
nicht, behauptete der junge Mann. „Und
wie kommen die Sachen in ihren Wagen?"
wollte der Beamte weiter wissen. Auch
das wisse er nicht. Er hätte den
Lieferwagen von dem Bekannten
bekommen mit der Bitte, diesen eine
Zeitlang bei ihm abstellen zu dürfen.
„Zeigen Sie mal die Fahrzeugpapiere und
ihren Führerschein", wies ihn ein Beamter
an. Der junge Mann zeigte seinen
Führerschein. „Die Fahrzeugpapiere hat
der Bekannte behalten." Wegen des
Verdachts, einen Raub oder zumindest
eine Hehlerei begangen zu haben, wurde
der junge Mann festgenommen. Die
Beamten eskortierten den Transporter
zurück zu dem Landhaus. Als die

Beamten mit dem Festgenommenen das idyllisch gelegene Landhaus betraten, trauten sie ihren Augen nicht: Das Innere des Hauses glich einem Second Hand Shop, gefüllt mit Waren, die nach den Kofferanhängern zu urteilen offensichtlich aus anderen Einbrüchen oder Diebstählen stammten. Einige Anhänger gehörten Personen aus Frankreich, andere einer Gruppe aus Polen, die meisten Gepäckstücke Reisenden aus Deutschland. Neben den Koffern und Reisetaschen fanden die Beamten auch zahllose Einzelstücke wie Schuhe, kleine Taschen, Schirme. In einem Karton waren Wertsachen wie Schmuck und Uhren gesammelt. Die Räume wurden verschlossen und versiegelt. Die völlig verängstigte junge Frau, die ihnen den Zugang zu dem Landhaus gewährt hatte, wurde angewiesen, die versiegelten Zimmer nicht zu betreten. „Die Sachen werden morgen früh abgeholt." Ihr

Bekannter und Hausbesitzer wurde verhaftet und mit auf das Kommissariat genommen. Es war bereits später Abend, als die Polizeibeamten, die die Durchsuchung des Landhauses durchgeführt hatten, ihre Kollegen in Lys informierten, die am Vormittag die deutsche Reisegruppe befragt hatten.

Diese unterrichteten unverzüglich den Reiseleiter, dessen Smartfon-Nummer sie sich notiert hatten, und teilten ihm mit, dass die gestohlenen Koffer, Taschen und sonstigen Einzelstücke seiner Mitreisenden gefunden worden wären. Das Problem war, dass sich die Reisegruppe bereits in einem Hotel in Kalmar an der Ostküste befand, rund dreihundert Kilometer von Lys entfernt. Dr. Hartung, der nach dem aufregenden Tag wie die meisten seiner Gäste bereits sein Hotelzimmer aufgesucht hatte, entschied, seine Gäste erst einmal schlafen zu lassen. Bis Morgen früh hatte er Zeit, seinen Mitreisenden die überraschende Entwicklung mitzuteilen. Bei den Überlegungen, ob er die Reise in der ursprünglich geplanten Zeitfolge fortsetzen sollte oder nach Lys zurückzukehren, um seinen Gästen die Möglichkeit zu bieten, ihre gestohlenen Sachen wieder in Empfang zu nehmen, dafür aber auf den Besuch der Insel Gotland zu verzichten, fiel auch er in den wohlverdienten Schlaf. Mit großer Erleichterung nahmen die Gäste während des Frühstücks die Mitteilung von Dr. Hartung zur Kenntnis. Man dachte jedoch auch an die beiden Ehepaare, die ihres gesamten Gepäcks beraubt worden waren und deshalb die vorzeitige Heimreise angetreten hatten. Nach kurzer lebhafter Diskussion entschied die überwiegende Mehrheit der Reisegruppe, die Fahrt über Gotland nach Stockholm wie geplant fortzusetzen. Sie waren einverstanden, ihre Sachen erst auf der Rückreise in Lys abzuholen. Der Reiseleiter war froh, dass er seine Buchungen einhalten konnte. Nach dem Frühstück ging die Fahrt weiter zur Fähre nach Gotland.

Mit dem festgenommenen deutschen Besitzer des Landhauses und dem Transporter fuhren die Beamten zur Polizeidienststelle in Lys. Der Festgenommene verbrachte die Nacht in der Zelle. Am nächsten Morgen nahmen die Beamten Kontakt zur zentralen schwedischen Fahrzeugmeldestelle auf. Der Transporter war angemeldet auf den Namen von Elmar Jenssen, dem gleichen Namen, der auf im Führerschein stand. „Also Herr Jenssen: Ihnen gehört das Fahrzeug und nicht dem Unbekannten, den Sie uns gestern Abend auftischen wollten. Wie kommt das Diebesgut in ihren Wagen?" Der junge Mann wusste nicht mehr ein noch aus. „Nun mal raus mit der Sprache. Ein Geständnis kann sich positiv auf das Strafmaß auswirken." „Ich habe einen Freund, der in dem Landhotel in Lys als Hilfskraft arbeitet. Der erzählte mir, dass am letzten Sonnabend ein deutscher Reisebus in dem Hotel in Lys Halt machen würde." Er wäre an dem Abend mit seiner Freundin dorthin gefahren und hätte auf der Straße auf den Bus gewartet. In der Nacht hätte er die Fahrertür des Busses geknackt und von innen die Klappen des Kofferraumes geöffnet. Dann hätten sie die am besten aussehenden Koffer sowie aus anderen Koffern und Taschen einige Schuhe, Kleidungsstücke und Schmuckschatullen mitgenommen und in den Transporter geladen." „Wo wollten sie denn das Diebesgut zu Geld machen?" fragte der Beamte. „Auf dem Flohmarkt in Danzig."

„Wegen Fluchtgefahr werden Sie morgen dem Haftrichter vorgeführt. Auch ihre Freundin wird sich wegen Beteiligung an dem Diebstahl und Hehlerei vor dem Gericht verantworten müssen. Sie können sich jetzt mit einem Anwalt in Verbindung setzen, bleiben aber hier in Haft." Der Freund des Inhaftierten, der ihm den Hinweis auf den eintreffenden deutschen Bus gegeben hatte, wurde ebenfalls von der Polizei verhört. Er behauptete, er hätte gedacht, dass der Inhaftierte sich vielleicht mit Freunden, die mit dem Bus kommen würden, treffen wollte. Es konnte ihm nicht nachgewiesen werden, dass er wusste, was der Inhaftierte mit seiner Information bezweckte. Die Ermittlungen in Zusammenhang mit dem deutschen Reisebus waren damit aufgeklärt und abgeschlossen.

Auf der Rückreise von ihrer Rundreise durch Schweden nahmen die Teilnehmer in der Polizeidienststelle in Lys gegen Vorlage ihrer Vernehmungsprotokolle ihre Koffer und sonstigen Sachen wieder in Empfang und konnten ihre Heimfahrt antreten. Auch wenn die Reiseteilnehmer zum Schluss alle gestohlenen Sachen zurückerhalten hatten, auch wenn auf der schönen Reise durch Schweden zahlreiche Highlights geboten wurden, wie die Fahrt durch die Schären vor Västervik, die Raukas auf der Insel Färö, der Götakanal, die Königsgräber bei Altuppsala oder Schloss Gripsholm, wenn jemand sich später an die Schweden-Reise erinnerte, war es zunächst der Einbruch in den Reisebus in Lys. Und das in einem Land, von dem frühere Generationen erzählten, dass man die Haustür nicht abschließen müsste, es würde nicht eingebrochen.

Glückliche Fügung

Teilnehmer an einer Silvesterparty:
Gastgeber Werner und Marlies Paulsen
Bärbel und Günther Paetzold
Dr. Heinrich Volkmann u. Ingrid Albers
Klaus und Lore Gröning
Dr. Angela Dornheim
Hartmut Henning

–

Das Ehepaar Werner und Marlies Paulsen hatte zu einer Silvesterparty in ihr Haus am Eichenloher See eingeladen. Nach der überstandenen Corona-Pandemie wollten sie mit Freunden einmal wieder richtig feiern. Nachdem um die Weihnachtstage noch stürmisches, aber außergewöhnlich mildes Wetter geherrscht hatte, war kurz vor Silvester mit der Winddrehung auf Ost strenger Frost eingekehrt. Die Gäste kannten sich seit vielen Jahren. Man traf sich nicht häufig, aber mehr oder weniger regelmäßig. Einige luden sich gegenseitig zu den Geburtstagen ein, andere kannten sich vom Sportverein oder bereits seit der Schulzeit. Lediglich Angela Dornheim war neu in der Runde. Sie war eine Freundin von Paulsens ältester Tochter Juliane, die sich leider wegen einer Corona-Erkrankung in Quarantäne begeben und deshalb kurzfristig absagen musste. Angela hatte früher häufig Juliane besucht, kannte deshalb auch ihre Eltern gut. Seit ihrem gemeinsamen Medizinstudium waren sie befreundet. Juliane hatte inzwischen geheiratet und war als Anästhesistin in einer Kieler Klinik beschäftigt. Deshalb hatten sich beide auf das Wiedersehen bei Julianes Eltern sehr gefreut.

Es begann ein heiterer Abend. Die Gespräche wurden mit zunehmender Zeit immer lebhafter. Die Wenigen, die sich noch nicht duzten, gingen sehr bald ebenfalls zum „Du" über. Die Gespräche reichten von den Kindern und Enkelkindern bis zu denjenigen, die nicht verheiratet waren und keine Kinder hatten, von ihren Reisen und Themen aus ihrem Berufsleben. Kaum ein Gebiet blieb verschont. Es wurde getrunken und die Stimmung war entsprechend. Nur Heinrich Volkmann und Angela Dornheim hielten sich an die angebotenen Säfte, weil sie mit dem Auto gekommen waren und auch zurückfahren wollten. Die anderen Gäste hatten sich entweder von ihren Kindern bringen lassen oder ein Taxi genommen. Leicht beschwipst erwarteten alle den Jahreswechsel. Dann knallten die Sektkorken. Das neue Jahr wurde mit allen guten Wünschen, mit Umarmungen und Küsschen begrüßt. Man hörte und sah jetzt draußen von den anderen Grundstücken am See die ersten Raketen aufsteigen. „Kinder lasst uns auch nach draußen gehen, aber zieht Euch etwas Warmes an, es ist bitter kalt", rief der Gastgeber. Seine Gäste zogen ihre Mäntel oder warmen Jacken an. Mützen auf und nach draußen. Es war eine sternenklare Nacht. Hier und dort zischten Raketen in die Höhe. Man hörte Böller explodieren. Es wurden Wunderkerzen verteilt und angezündet. Es herrschte eine ausgelassene, heitere Stimmung. Als dann die Raketen abgefeuert waren und langsam die Kälte durch die Kleidung kroch, zogen es die Gäste nach und nach vor, wieder nach drinnen zu gehen. Inzwischen hatten sich einige Gruppen gebildet und entsprechend zueinander gesetzt. Mal hörte man heftige Diskussionen in der einen Ecke, mal lautes Lachen in einer anderen des großen Wohnraumes. Es waren wohl schon zwei Stunden des neuen Jahres vergangen, da rief einer der Gäste „Habt Ihr schon mal nach draußen geschaut, es schneit heftig". Tatsächlich, die Straße, der Vorgarten und die benachbarten Häuser sahen aus, als ob sie frisch eingepudert worden wären. „Dann bleiben wir einfach noch ein Weilchen hier im Gemütlichen", meinte Klaus Gröning „oder hat jemand morgen etwas vor?" Der Gedanke daran wurde von der weinseligen Stimmung weggespült. Gegen vier Uhr wurden dann die ersten Taxis angefordert. Heinrich Volkmann wandte sich an Angela Dornheim: „Willst Du bei dem Schneetreiben noch mit Deinem Auto heimfahren? Wir könnten Dich sonst mitnehmen und morgen Mittag Dein Auto holen." Angela liebte eigentlich die Unabhängigkeit. Andrerseits war sie nicht sonderlich erpicht, bei dem Wetter allein nach Hause zu fahren. „Wenn es kein allzu großer Umweg für Euch ist, nehme ich das Angebot gerne an", erwiderte Angela. Ingrid Albers, mit der Heinrich zu der Party gekommen war, schien es überhaupt nicht zu gefallen, jetzt schon aufzubrechen. Als Heinrich zu Angela gewandt sagte „Wollen wir?" und auch Ingrid zum Aufbruch aufforderte, meinte diese etwas spitz „Ach, der Abend ist so schön, ich bleib noch ein wenig." Damit hatte Heinrich offensichtlich nicht gerechnet. Er bemühte sich jedoch, sich nichts anmerken zu lassen. „Okay, ich komme bald zurück", sagte er zu Ingrid. Dann erhob sich Heinrich und verabschiedete sich von den anderen Gästen und strebte zur Garderobe. Die Gastgeber Werner und Marlies Paulsen geleiteten sie nach draußen. Angela schien die Sache höchst peinlich zu sein, dass Heinrich sie ohne Ingrid nach Hause bringen wollte, folgte ihm jedoch. Auch die anderen Gäste schienen etwas verstört zu sein. Nach kurzer Zeit war die Angelegenheit jedoch zunächst abgehakt. Man erfreute sich an der guten Stimmung.

192

Während der Fahrt unterhielten sich Heinrich und Angela über ihre Praxen. Heinrich Volkmann, seit einigen Jahren verwitwet, führte eine gut gehende Zahnarztpraxis, Angela Dornheim war nach ihrem erst kürzlich abgeschlossenen Studium als Augenärztin in einer Gemeinschaftspraxis tätig. Beide schienen mit ihrem gewählten Beruf sehr zufrieden zu sein. Bei dem heftigen Schneetreiben musste sich Heinrich in der Stadt sehr konzentrieren. Er kannte zwar die Straße, in der Angela wohnte, aber nicht die Hausnummer. „Wo darf ich Dich absetzen?" fragte er. „Vor dem zweiten weiß gestrichenen Haus hinter der nächsten Kreuzung" erwiderte sie. Dort angekommen meinte Heinrich „Schade, dass ein so schöner Abend immer so abrupt enden muss." „Ja, schade" erwiderte Angela. „Und du musst bei dem Schneetreiben noch wieder zurück und Ingrid abholen." „Leider", entfuhr es

Heinrich. Er stieg aus dem Wagen öffnete die Beifahrertür und geleitete Angela bis zu ihrer Haustür. Als sie die Tür geöffnet hatte und sich Heinrich wieder zuwandte, sagte sie nur „Schade, dass Du wieder fahren musst". Nach einer innigen Umarmung trennten sie sich und Heinrich eilte zurück zu seinem Auto. „Schade" dachte auch er.

Bei der Party bei Paulsens hatten sich zwischenzeitlich zwei Fraktionen gebildet. Die eine fand es unmöglich, dass Heinrich seine Bekannte Ingrid Albers sitzen gelassen hatte. Andere sahen das anders: „Heinrich war natürlich davon ausgegangen, dass er zusammen mit Ingrid Angela nach Hause bringen würde. Aber Ingrid wollte ja noch bleiben." Sie fanden es ausgesprochen nett, dass Heinrich sich angeboten hatte, bei dem Schneetreiben Angela nach Hause zu bringen. Dann klingelte es. Heinrich schüttelte sich den Schnee von seinem

Mantel und betrat wieder Paulsens Haus. Er setzte sich wie vor seiner Abfahrt wieder an die Seite von Ingrid. Die ganze Gesellschaft verstummte zunächst. „Du hast lange gebraucht, Angela nach Hause zu bringen," meinte Ingrid. Heinrich blieb cool „Die Straßen sind sehr verschneit, und die Sicht ist auch nicht gut. Du weißt, ich bin ein vorsichtiger Fahrer." Ingrid nahm die Geschehnisse entweder nicht weiter ernst oder tat nur so. „Wo wohnt Angela eigentlich?" wollte sie wissen. „Am Mühlenkamp", entgegnete Heinrich. „Bewohnt Sie ein eigenes Haus?" „Ich weiß nicht, ob sie das Haus allein bewohnt. Ich war nicht drinnen", antwortete Heinrich. „Augenärzte verdienen gutes Geld. Wenn die Dir scharf in die Augen schauen, flattern unten die Scheine in die Kasse", warf Herr Paetzold ein. „Wenn die sich kein Haus leisten können, wer denn sonst." „Nun mach mal halblang. Angela ist gerade mit ihrem Studium fertig und arbeitet in einer Gemeinschaftspraxis. Vermögend wird sie wohl noch nicht geworden sein", verteidigte Heinrich Angela. „Im Übrigen hat sie in dem Haus eine kleine Mietwohnung." „An Euch Zahnärzte kommen Augenärzte nicht heran. Was meinst Du Heinrich?" fragte Klaus Gröning. „Wenn Ihr am Tag sieben Implantate setzt, könnt Ihr Euch doch am nächsten Tag einen Kleinwagen kaufen, oder?" Heinrich reagierte gelassen: „Selbst wenn ich mir jede Woche einen Kleinwagen leisten könnte. Was hab ich davon. Ich kann nur einen zurzeit fahren." Dann griff Werner Paulsen in die Diskussion ein. „Soll das hier eine Neiddebatte werden? Ich glaube, keiner von uns kann sich über seine wirtschaftliche Situation beklagen. Oder hat jemand finanzielle Sorgen?" fragte Werner in die Runde. „Noch nicht. Man weiß ja nicht, was die Grundsteuerreform bringt", meinte Marlies. „Die Änderungen kommen ja erst frühestens 2025", ergänzte Hartmut.

Dann meinten Klaus und Lore Gröning, es würde wohl langsam Zeit aufzubrechen. Das Ehepaar Paetzold schloss sich Ihnen an. Beide hatten ein Taxi angefordert. Sie bedankten sich schon einmal bei den Paulsens für den schönen Abend. „Ihr müsst bald einmal wieder zu uns kommen", sagte Bärbel bei der Verabschiedung. Als Lore Gröning die wenigen Stufen zum Grundstückseingang hinunterging, rutschte sie plötzlich auf dem inzwischen verschneiten glatten Gehweg aus. Sie schrie kurz auf und blieben dann im Schnee liegen. Offenbar hatte sie heftige Schmerzen. „Heinrich, hilf ihr doch. Du bist doch Arzt!", rief Ingrid. „Zahnarzt!" entgegnete Heinrich. „Ich fordere einen Notarzt an." „Lass uns Lore doch erst einmal ins Haus zurückholen. Sie holt sich ja sonst den Tod hier draußen", meinte Marlies Paulsen. Ihr Mann und Heinrich versuchten mit äußerster Vorsicht Lore Gröning hochzuheben „Kannst Du stehen, Lore?" fragte Werner Paulsen. „Ich hab im linken Bein starke Schmerzen. Ihr müsst mich unterhaken." Klaus und Heinrich geleiteten Lore zurück ins Haus. Sie zogen ihr vorsichtig den Mantel aus und setzten sie in einen der Sessel. Es dauerte fast eine Stunde bis der Notarztwagen eintraf. Der Arzt bat höflich aber mit fester Stimme die umstehenden Gäste, ein anderes Zimmer aufzusuchen. Er müsste das Unfallopfer kurz untersuchen. Mit dem Hinweis, dass er der Ehemann von der Verunfallten sei, durfte Klaus Gröning bei seiner Frau bleiben. Der Notarzt stellte bei Lore eine blutende Schürfwunde am linken Unterarm fest. Lore hatte das noch gar nicht bemerkt. Ihre Schmerzen im Oberschenkel und im Beckenbereich überlagerten alles andere. Der Notarzt verband den Unterarm mit einer Mullbinde. „Bitte stützen Sie sich nicht mit dem Arm auf. Wir müssen den Arm im Krankenhaus röntgen, um festzustellen, ob keine Fraktur vorliegt. Können Sie aufstehen?" „Ich hab so starke Schmerzen. Es geht nicht", antwortete Lore. „Ruf den Rettungswagen an, die Dame muss so schnell wie möglich ins Krankenhaus", sagte der Notarzt zu seinem Kollegen. Leise fügte er hinzu „Verdacht auf eine Oberschenkelhalsfraktur." „Ich geb Ihnen jetzt eine Schmerz stillende Spritze. Sie müssen im Krankenhaus untersucht werden", sagte er dann zu Frau Gröning. Obwohl Marlies Pausen ihr eine Decke übergelegt hatte, zitterte Lore Gröning am ganzen Körper. Als der Rettungswagen eintraf, wurde Lore Gröning von den Sanitätern auf eine Trage gelegt, festgeschnallt und in den Rettungswagen geschoben. Alle Gäste wünschten ihr gute Genesung. „Wir besuchen Dich auch in der Klinik", riefen einige ihr nach. Klaus Gröning begleitete seine Frau. Der Unfallwagen fuhr Richtung Krankenhaus davon. Es schneite unvermindert weiter. „Dass das schöne Fest so enden musste", meinte Ingrid mit besorgtem Gesicht. „Man kann auch sagen, dass das neue Jahr so beginnen musste", ergänzte Hartmut.

Man hätte die Stufen kehren sollen oder zumindest streuen müssen, meinte Guenther Paetzold. „Nun halt aber auf, Guenther! Es hat doch die ganze Zeit heftig geschneit. Da nützt doch das Schneefegen nichts. Lass Dir doch einen Besen geben und feg Du die Stufen. Du musst ja auch noch nach Hause. Oder sollen Marlies und Werner das auch noch machen? Sie haben sich so viel Mühe gegeben, dass wir einen schönen Abend hatten", reagierte Heinrich heftig.

Nach einer Weile drängte Heinrich auch seine Begleiterin Ingrid zum Aufbruch.

200

„Wie weit hast *Du* es denn nach Hause?"
wandte er sich an Hartmut Henning. Ich
wohne ganz in der Nähe von Ingrid.
Wenn Ihr mich bis dahin mitnehmen
könntet, würde ich mich freuen." Dann
verabschiedeten sich die Drei von Ehepaar
Paulsen und stapften durch das
Schneegestöber zu Heinrichs Auto, das
wieder völlig eingeschneit war. „Hast Du
einen Feger im Wagen?" fragte Heinrich
Hartmut. „Nein, nur einen Eiskratzer."
Während beide sich bemühten, die
Fenster des Wagens vom Schnee zu
befreien, näherte sich ein von Paetzolds
bestelltes Taxi. Als es neben dem auf dem
Parkstreifen stehenden Auto von Angela
Dornheim halten wollte, rutschte das Taxi
auf der spiegelglatten Fahrbahn gegen
Angelas Auto. Bei beiden Wagen waren
die Türen leicht eingedrückt. Der
Taxifahrer wollte wieder einsteigen. Da
rief ihm Günther Paetzold zu „Halt!
Bleiben Sie stehen. Wir müssen erst die

201

Polizei rufen. Sonst begehen Sie Fahrerflucht!" Günther rief die Polizei an. Etwa eine halbe Stunde mussten der Taxifahrer und Günther Paetzold warten bis die Polizei eintraf. Die anderen Gäste hatten sich zwischenzeitlich wieder in Paulsens Haus begeben. Der Taxifahrer schilderte den Beamten, wie er neben dem parkenden Auto halten wollte. Wegen der Glätte wäre sein Wagen wegen der leicht gekrümmten Fahrbahn ins Rutschen gekommen und gegen das parkende Auto geprallt. Groß wäre der Schaden ja wohl nicht. Wegen des nach wie vor kräftigen Schneefalls waren keine Brems- oder Rutschspuren mehr zu erkennen. Einer der Polizeibeamten sagte zu dem Taxifahrer: „Obwohl Ihnen ja eigentlich kein schuldhaftes Verhalten vorzuwerfen ist, müssen Sie als Verursacher wohl für den Schaden an ihrem und an dem parkenden Fahrzeug aufkommen. Wollen wir mal versuchen ihren Wagen von dem

202

geparkten Wagen wegzuschieben?" Nachdem Hartmut Henning noch dazugekommen war, gelang es tatsächlich, das Taxi von Angelas geparktem Wagen wegzuschieben. Die Fahrertür mit dem Schloss war eingedrückt. Ob sich die Tür öffnen ließ, konnte natürlich nicht festgestellt werden, weil Angela ja bereits zu Hause war. „Ich ruf mal eben Angela an um ihr mitzuteilen, dass ihr Wagen Schaden genommen hat. Vielleicht kann sie, wenn sie den Wagen im Laufe des Tages abholen will, die Tür gar nicht öffnen, so dass der Wagen abgeschleppt werden muss." Heinrich ließ das Telefon lange läuten. Es meldete sich niemand.

Die Beamten hatten sich die Personalien des Taxifahrers und von Heinrich Paetzold als Zeugen notiert, wünschten noch ein gutes neues Jahr, schüttelten sich den Schnee von der Uniform, bestiegen ihr Fahrzeug und fuhren vorsichtig von dannen. Für sie war der erste Job im neuen Jahr erledigt.

Da die Beifahrertür des Taxis ebenfalls Schaden genommen hatte und sich nicht öffnen ließ, erklärte der Fahrer, dass er keinen der Gäste aufnehmen könne und unverrichteter Dinge heimfahren müsste. Dann kam in einem sehr langsamen Tempo das zweite Taxi. „Eigentlich dürfte man bei diesem Wetter gar nicht fahren. Aber was soll's. Ich muss ja Geld verdienen. Also wer will wohin?" „Bärbel und Günther Paetzold bedankten sich noch einmal bei Ehepaar Paulsen, verabschiedeten sich von ihnen und fuhren mit dem Taxi davon. „So", sagte Heinrich „da waren es nur noch drei. Was meint ihr, wollen wir uns auch auf den Weg machen?" Ingrid und Hartmut nickten Es war inzwischen halb vier geworden. Auch die Gastgeber waren sichtbar müde. „Ich werde im Laufe des Vormittags Angela informieren", rief

Heinrich den Paulsens zu. „Fahr vorsichtig" ermahnten sie Heinrich.

Marlies Paulsen meinte, nachdem sie wieder mit ihrem Mann Werner alleine waren, „Es war ein aufregender Abend. Komm, lass uns schlafen. Aufräumen können wir morgen früh". „Du meinst *heute* früh."

 Der Schneefall hatte etwas nachgelassen. Die Straßen waren tief verschneit, als Heinrich zurückfuhr. Er setzte zuerst Hartmut ab, dann fuhr er Ingrid Albers nach Hause. „Bringst Du morgen Angela zu ihrem Auto?" fragte Ingrid. "Ich werd sie auf jeden Fall informieren, dass ihr Auto demoliert wurde. Wahrscheinlich wird sie interessiert sein, ob sie mit ihrem Schlüssel die Wagentür aufkriegt und das Auto zur Werkstatt fahren kann. Wir werden sehen. Lass uns versuchen, noch ein wenig Schlaf zu finden. Es wird ja bald hell." Heinrich stieg aus und machte Ingrid die Tür auf. Sie stieg aus und meinte dann zu Heinrich: „Ich glaub, Du hast Dich heute in Angela verliebt, oder?" Heinrich sagte nur kurz „Ja." Dann brachte er sie zu ihrer Wohnungstür und verabschiedete sich mit einem Wangenkuss. „Vielen Dank für's Mitnehmen und Zurückbringen", sagte sie zu ihm. Heinrich konnte keinen Schlaf finden. Gegen 9 Uhr rief er Angela an. Als sie sich noch etwas müde meldete, fragte er sie, ob sie gut geschlafen hätte. „Um ehrlich zu sein, überhaupt nicht. Ich hab über uns, über unsere künftige Beziehung nachdenken müssen." „Und?" fragte er „bist Du zu einem Ergebnis gekommen?" „Nein. Wie sollte ich auch. Wir kennen uns doch erst wenige Stunden." „Das können wir ändern. Soll ich zu Dir kommen?" fragte er. „Ich kann es kaum erwarten", antwortete sie. Als Heinrich bei ihr eintraf und sie ihm die Tür aufgemacht hatte, fielen sie sich in die Arme. Das Glück schien vollkommen zu sein. Nachdem sie in ihrem geschmackvoll eingerichteten Wohnzimmer Platz genommen und Angela etwas zu trinken auf den Tisch gestellt hatte, sagte Heinrich „Ich muss Dir eine schlechte Nachricht überbringen." Sie fragte „Ingrid?" „Nein", sagte er lächelnd. „Viel schlimmer. Die Fahrertür von Deinem Auto wurde gestern von einem Taxi eingedrückt. Wir sollten nachher hinfahren und nachsehen, ob Du die Tür mit Deinem Schlüssel öffnen kannst. Der Wagen muss in die Werkstatt." „Es gibt etwas Schlimmeres", meinte sie. „Für den Schaden kommt auch die Versicherung des Taxifahrers auf. Die Polizei hat im Übrigen alles protokolliert.", sagte Heinrich.

Gegen Mittag fuhren Heinrich und Angela dann zu Angelas Auto. Die Tür ließ sich zwar öffnen, aber rastete beim Schließen nicht wieder ein. Der Wagen musste von der Werkstatt oder vom ADAC abgeholt werden. Ich kümmere mich darum. „Das wäre nett von Dir. Ich hab nämlich morgen von acht Uhr an Patienten im Wartezimmer und komm vor abends nicht mehr aus der Praxis heraus", sagte Angela. Heinrich erwiderte „Und ich hab die nächsten drei Tage noch Urlaub. Es passt bei mir also gut." Plötzlich rief jemand „Wollt ihr noch lange in der Kälte herumstehen? Kommt doch herein." Es war Werner Paulsen, der Heinrich und Angela auf dem Parkstreifen gesehen hatte. Beide nahmen die Aufforderung dankbar an und begrüßten Werner und Marlies. „Da Du von dem Schaden an Deinem Auto nichts mitbekommen hast, hattest Du sicher einen guten Schlaf", meinte Werner. „Diese Frage wurde mir heute schon einmal gestellt", sagte Angela. „Die Antwort ist: nein, ich habe nicht gut geschlafen. Mir fehlte Heinrich. Dabei haben wir uns erst gestern bei Euch kennengelernt. Ich weiß nicht, was mit mir passiert ist. Ich hab mich noch nie so geborgen und glücklich gefühlt. So, jetzt wisst ihr es auch", sagte sie zu Marlies und Werner. „Wie gut, dass wir zu der Silvesterparty eingeladen und damit zu Eurem Kennenlernen beigetragen haben", meinte Marlies. „Wollen wir nicht auf diese glückliche Fügung anstoßen?" fragte Werner und ging in den Keller, um mit einer Flasche Sekt wieder hoch zu kommen. „Auf eine glückliche Zukunft!" Gegen Mittag bedankten und verabschiedeten sich Heinrich und Angela. „Morgen wird wohl mein Auto abgeholt werden", rief Angela im Hinausgehen. „Wollen wir irgendwo Essen gehen oder soll ich eine Kleinigkeit machen?" fragte Heinrich. Angela entgegnete „Fahren wir zu Dir. Ich kenne Deine Wohnung ja noch gar nicht." Heinrich bewohnte ein Einfamilienhaus mit Terrasse und einem schönen Garten. Der Wohnbereich war geschmackvoll eingerichtet, überwiegend mit schlichten skandinavischen Möbeln. Die zum Garten ausgerichteten großen Fenster wurden eingerahmt von bunten Vorhängen. Als Angela Platz genommen hatte, sagte sie „Sehr geschmackvoll eingerichtet hast Du es hier." „Magst Du Milchreis mit Kirschen?" fragte Heinrich. „Gerne. Hab ich lange nicht mehr gegessen", antwortete Angela. Sie beobachtete durch die Küchentür, wie Heinrich häufig zum Topf ging, um den Reis umzurühren. „Soll ich Dich beim Rühren einmal ablösen?" fragte sie. „Nicht nötig. Der Reis ist gleich gar. Zwanzig Minuten müssen reichen." Er legte Teller und Bestecke auf den Esstisch und holte dann die Schüssel mit dem dampfenden Reis und die Kirschen ins Esszimmer. „Milchreis muss ich auch mal wieder machen. Er schmeckt mir wirklich gut." Nach dem Essen nahmen beide in den gemütlichen Sesseln Platz. Heinrich stellte eine Flasche Portwein mit den dazu passenden Gläsern auf den ovalen schweren Teakholztisch.. „Einen kleinen Schluck dürfen wir wohl schon wieder", meinte er und schenkte ein: „Zum Wohl". Nach einem kurzweiligen Gespräch über Gott und die Welt, wurde Heinrich plötzlich ernst. „Angela, ich weiß nicht, ob die Verbindung zwischen uns beiden für Dich gut ist. Du bist jung. Du hast das Leben noch vor Dir. Ich gehe in wenigen Jahren in Rente. Ich bin etwa doppelt so alt wie Du. Ich bin doch aus Deiner Sicht ein alter Mann. In zwanzig Jahren bin ich vielleicht ein Tattergreis, Du bist dann erst in der Mitte Deines Lebens. Ich hab ein schlechtes Gewissen. Mit Freundin Ingrid ist es anders. Sie ist Mitte fünfzig. Wir kennen uns seit etwa zwanzig Jahren. Mit ihrem inzwischen geschiedenen Mann und meiner verstorbenen Frau haben wir viel unternommen. Wir waren etwa im gleichen Alter. Bei Dir ist es etwas ganz anderes. Du bist etwa so alt wie meine beiden Kinder." Er hielt inne, als er sah, wie Angela die Tränen über die Wangen liefen und sie heftig zu schluchzen begann. Er ging zu Angela hinüber und umarmte sie. Sie schien unendlich traurig zu sein. Leise fragte sie ihn „Soll ich gehen?" „Nein! Bitte bleib. Ich hab Dich lieb. Ich möchte nur verhindern, dass Du im Überschwang der Gefühle eine Entscheidung triffst, die Du möglicherweise nach einiger Zeit bereust." Angela konnte langsam wieder klare Gedanken fassen. „Es ist sehr lieb von Dir, dass Du Dir zuerst Gedanken über mein künftiges Leben machst und nicht zuerst an Dich denkst. Aber mein Leben wird so oder so anders verlaufen, als Du es Dir vorstellst. Ich bin als Schülerin während einer Klassenfahrt von einem jungen Lehrer vergewaltigt worden, und zwar so heftig, dass ich anschließend operiert werden musste. Ich

212

hatte nicht die Kraft, mich gegen diesen sportlichen und kräftigen Mann zu wehren. Bei der Operation muss etwas schief gelaufen sein. Die Folge der Operation ist, dass ich nie Kinder bekommen werde. Was das für eine junge Frau bedeutet, kannst Du Dir gar nicht vorstellen. Ich fühlte mich plötzlich minderwertig. Nicht mehr liebenswert. Ich stürzte mich ganz in mein Studium, versuchte alles andere zu verdrängen. Einladungen meiner früheren Schulfreundinnen nahm ich gar nicht mehr an. Nur bei Juliane und ihren Eltern fand ich Trost. Ich konnte es einfach nicht mehr ertragen, wenn die jungen Mütter von ihren Kindern erzählten und mich zuweilen fragten, wie es denn bei mir aussehe. Meine Arbeit als Augenärztin macht mir viel Freude und nimmt mich tagsüber voll in Anspruch. Kann ich doch in vielen Fällen erkrankten Patienten helfen. Nach jeder erfolgreichen

Operation oder gelungenen Behandlung war ich stolz auf mich. Bei Feierabend konnten es die beiden medizinischen Assistentinnen, die bei uns in der Praxis arbeiten, gar nicht abwarten nach Hause zu ihren Männern und zu ihren Kindern zu kommen. Mich dagegen erwartete eine zwar gemütliche, aber leere Wohnung. Ich kam mir manchmal wie eine Versagerin vor. Und dann kamst Du. Was hätte ich gegeben, als Du nach der Feier mich nach Hause brachtest, wenn Du mich gefragt hättest, ob Du noch mit hinein kommen könntest. Aber im gleichen Augenblick, musste ich an meine Unvollkommenheit denken und war froh, dass Du wegfuhrst. Die Nacht war sehr schmerzlich. Jetzt weißt Du alles. Und ich bin froh, dass Du jetzt bei mir bist und hoffentlich bleibst".
„Solange Du an der Seite eines nicht mehr ganz knackigen Mannes Dich wohlfühlst", entgegnete Heinrich. Es begann ein langes Gespräch. Heinrich berichtete von seinen

beiden Kindern. Sein Sohn hätte Jura studiert und jetzt eine Juniorprofessur in Lyon erhalten. Seine Tochter wäre Krankengymnastin geworden, wäre verheiratet und lebte im südlichen Schwarzwald. „Ich komme mit meinen Kindern leider nur sehr selten zusammen. Aber ich bin froh, dass sie mit ihrem Leben zurechtkommen." „Wann und woran ist denn Deine Frau gestorben?" wollte Angela wissen. „Meine Frau starb vor vier Jahren an einer Sepsis, die sie sich im Krankenhaus nach einer normalerweise leichten Operation zugezogen hatte. Die Kinder und ich konnten es nicht fassen. Über ein Verschulden zu sprechen, wie es mir zunächst durch den Kopf ging, wäre dem Krankenhauspersonal gegenüber sicher unfair. Wir haben es letztlich als Schicksal hingenommen. Von heute auf morgen war ich allein in diesem relativ großen Haus. Wenn Du allein bist, wenden sich viele frühere, befreundete Ehepaare von dir ab. Du wirst zum Außenseiter. Insofern bin ich dankbar, dass ich mit Paulsen ein unvermindert gutes Verhältnis habe und sie mich zu der Silvesterparty eingeladen haben. Und natürlich, dass Du dabei warst." Dann erzählte Angela. Ihre Eltern seien, als sie vierzehn Jahre alt war, bei einem Busunglück in der Türkei ums Leben gekommen. Der Bus wäre in eine Schlucht gestürzt. Keiner hätte überlebt. Sie hätte dann bis zu Beginn ihres Studiums bei ihrer Tante gelebt. Ihr vier Jahre älterer Bruder hätte der plötzliche Tod ihrer Eltern völlig aus der Bahn geworfen. Er hätte kurz vor dem Abitur die Schule verlassen. Er wäre dann als Entwicklungshelfer nach Südamerika gegangen. Sie hörte nur noch selten von ihm. Eine Postkarte zum Geburtstag und zu Weihnachten reichte wohl, meinte er. Nach dem Abitur hab' ich dann in Kiel angefangen, Medizin zu studieren. Dabei habe ich Juliane kennengelernt. Sie hat nach dem Studium in einer Kieler Klinik ihren Facharzt in Anästhesie gemacht, während ich meine Augenarztausbildung am Universitätsklinikum in Lübeck absolviert und dort auch promoviert habe. So war's in aller Kürze. Und jetzt freue ich mich, dass ich bei Dir bin." Dann klingelte das Telefon: „Hallo Heinrich, hier ist Klaus. Ich wollte Dir nur sagen, dass bei Lore nichts gebrochen ist. Sie hat nur eine starke Prellung und Muskelzerrung. Ich konnte sie heute Mittag schon mit nach Hause nehmen. Die Party hat also letztlich ein glückliches Ende gefunden." Heinrich bedankte sich für die Mitteilung und wünschte gute Besserung. „Von mir auch", rief Angela. Am Abend hatten sich Heinrich und Angela auf die Couch gesetzt und ein Neujahrskonzert im Fernsehen angeschaut. Da merkte Heinrich, dass Angelas Kopf immer schwerer wurde und langsam auf seine Schulter sank. Sie war eingeschlafen. Behutsam legte er sie auf die Couch und deckte sie mit einer Wolldecke zu. Er selbst traute sich nicht, in sein Schlafzimmer zu gehen. Wenn Angela aufwachte, wüsste sie möglichweise gar nicht, was passiert war. Heinrich holte sich ebenfalls eine Wolldecke, setzte sich in einen bequemen Sessel – und schlief ebenfalls bald ein. Plötzlich, es war 6:20 Uhr, klingelte Angelas Smartfon. Sie sah auf die Uhr und stand hastig auf. Auch Heinrich war wach geworden. „Ist etwas passiert?“ „Heinrich, ich muss los. Ich muss gegen acht in der Praxis sein, mich aber vorher noch kurz in meiner Wohnung umziehen.“ Heinrich antwortete „Kein Problem. Ich bin ja noch angezogen und startklar. Fahren wir.“ Kurz vor acht Uhr stand Angela wieder in der ihr vertrauten Praxis. Ihr Partner hatte Sektgläser für sie und die übrigen Kollegen bereitgestellt,

den Korken knallen lassen und die Gläser
gefüllt. „Auf weiter gute Zusammenarbeit
und ein gutes und gesundes neues Jahr."
Angela schloss sich den Wünschen an -
und dachte im Stillen „Mit Heinrich."

Der Dialog

Sie hatte ihren Rollator neben die Bank
gestellt und sich hingesetzt. Der Weg
dorthin war ihr sichtlich schwer gefallen.
Zum Einen war es die für sie etwas weite
Strecke vom Parkplatz, wo sie ihren
Wagen abgestellt hatte, zum Anderen das
grobe Granulat auf dem im Sommer neu
hergerichteten Waldweg und die vielen
Eicheln, die sich immer wieder den
Rädern des Rollators entgegenstemmten.
Sie war froh, dass sie es geschafft hatte.
Der schöne Blick war es ihr aber wert, hier
hergekommen zu sein. Nachdem es an
diesem Herbsttag morgens noch
regnerisch war, hatten sich die Wolken im
Laufe des Tages gänzlich verzogen. Es
war für die Jahreszeit – es war Mitte
Oktober - viel zu warm, eine Folge des
Klimawandels? Die untergehende Sonne
ließ die Lichtung vor der Bank in einem

orangefarbenen, milden Licht erscheinen. Weil die Sonne sie blendete, schloss sie die Augen. Es war nur das leichte Rauschen der noch wenigen Blätter an den Birken zu hören, die sich im lauen Wind bewegten. Sie genoss die friedliche Stimmung und ließ ihre Gedanken schweifen. Sie dachte an ihre Kinder und Enkel, was die wohl gerade machten. Sie dachte an ihre weiten und zuletzt immer kürzeren Reisen, die sie mit ihrem Mann unternommen hatte. Und über ihre Behinderung, ihre immer beschränktere Mobilität infolge eines Kleinhirninfarktes, den sie vor einigen Jahren erlitten hatte. Jetzt aber genoss sie die wunderschöne Abendstimmung, die Wärme der letzten Sonnenstrahlen und die Ruhe.

War sie etwa eingeschlafen? Auf jeden Fall war sie plötzlich hellwach, als sie ein Geräusch in unmittelbarer Nähe hörte. Ein älterer Mann war von seinem Fahrrad gestiegen und entschuldigte sich bei ihr, dass er sie möglicherweise geweckt und erschreckt habe. „Nein, nein", sagte sie. Wegen der Sonnenblendung hätte sie nur kurz die Augen geschlossen. Ob sie etwas dagegen hätte, wenn er einen Moment neben ihr auf der Bank Platz nehmen würde. Es wäre ein so wundervoller Blick von hier. „Ich muss bei meinen Radtouren immer einmal eine Pause einlegen. Die Puste geht mir manchmal aus", sagte er. „Wie schön, dass noch die Sonne durchgekommen ist. Gott sei Dank, die Wettervorhersagen sprachen ja von Niederschlägen".

„Glauben sie an Gott?" fragte sie ihn plötzlich. Er drehte sich zum ersten Mal zu ihr herum und schien etwas irritiert. „Warum richten Sie eine solche Frage an mich?" „Nun", antwortete sie, „Sie haben eben Gott gedankt, dass trotz gegenteiliger Wetterprognosen die Sonne scheint." „Na ja, man sagt es halt so. Eine Redensart, die man in seiner Jugend aufgenommen hat und seitdem verwendet. Aber ich will aufrichtig sein und ihre Frage beantworten. An einen oder an *den* Gott glaube ich nicht." „Sie sind demnach auch nicht in der Kirche?" wollte Sie wissen. „Doch, ich bin seit meiner Taufe – mein Gott wie lange ist das her: über achtzig Jahre! – Mitglied der evangelisch-lutherischen Kirche." „Sie haben sich eben schon wieder auf Gott berufen. Wirklich nur eine Redensart? Warum, wenn Sie nicht an Gott glauben, sind Sie denn in der Kirche?" hakte sie nach. Er antwortete „Eine berechtigte und mir schon des Öfteren gestellte Frage. Die einfachste Antwort wäre, weil meine Eltern, die ebenfalls der evangelischen Kirchengemeinschaft angehörten, mich haben taufen lassen. Und weil alle Jugendfreunde, Klassenkameraden, Verwandte und viele Bekannte auch evangelisch waren oder sind. Es war eine unbegründete Selbstverständlichkeit. Ich

224

bin in Schleswig-Holstein groß geworden. Ich habe sogar als Schüler mit Freunden zusammen im Kinderchor in der Kirche gesungen, nicht wegen der Kirche, sondern weil wir einen tollen begeisterungsfähigen Musiklehrer hatten. Warum sollte ich aus der Kirchengemeinde austreten und mich zum Außeneiter machen." „Und die schwierige Antwort?" fragte sie nach. Er überlegte lange. „Wissen Sie, die Allermeisten der in Norddeutschland Geborenen, zumindest in der Vorkriegszeit, gehörten aus Tradition der evangelischen Kirche an. In den letzten Jahrzehnten haben viele der Kirche aus den unterschiedlichsten Gründen den Rücken gekehrt, eine Zeitlang aus steuerlichen Gründen, in jüngster Zeit weil sie nicht einer Gemeinschaft angehören wollten, die nicht in der Lage ist, die vielen Missbrauchsfälle aufzuklären. Aber unabhängig davon, ob diese Menschen – ich rede nicht von den zugewanderten Flüchtlingen oder Asylsuchenden - einer Kirche angehören oder nicht: Wir Europäer sind Christen. Unsere gesamte gesellschaftliche Entwicklung beruht auf christlichen Grundsätzen. Diese haben Einfluss genommen auf die Entwicklung des Rechts, der Musik, der Erziehung, ja der ganzen Kultur. Die kann man nicht auslöschen, in dem man aus der Kirche austritt oder keine Kirchensteuer mehr zahlt. Ich fühle mich nicht als aktives Kirchenmitglied, obwohl ich es de facto bin, aber ich bemühe mich, nach den christlichen Grundsätzen zu leben. Die beruhen auf Nächstenliebe, aber auch auf Vergeben und Verzeihen. Auch Andersgläubigen gegenüber. Ich glaube, wem das nicht gelingt, ist seelisch arm dran. Nehmen Sie die Zehn Gebote und lassen Sie die ersten einmal beiseite, die sich mit der Beziehung zu Gott beschäftigen: Das sind heute allgemein gültige Menschenrechte geworden. Zumindest im sogenannten christlichen Abendland. Danach richten Sie sich doch auch." „Aber bedarf es dafür einer Kirche mit Taufe, mit Konfirmation, mit Gottesdiensten?" fragte sie zurück. „Was halten Sie davon, wenn ich Ihnen die Antwort morgen gebe. Die Sonne geht bald unter. Ich kann Ihnen daher in der Kürze der Zeit keine weiteren tiefschürfenden Antworten geben. Ich möchte Ihnen aber noch etwas sehr Allgemeines zum Thema Kirchenzugehörigkeit sagen. Der Mensch kann - von wenigen Ausnahmen abgesehen - nicht alleine leben. Er ist ein Wesen, das die Gemeinschaft sucht. Auf das Tierreich bezogen würde man sagen ein Herdentier. Menschen ohne Kontakte zu anderen Menschen verkümmern (nicht nur in Einzelhaft). Diese Gemeinschaften findet die Bevölkerung in Sportvereinen, in Parteien, in Gewerkschaften, in Chören und in vielfältigen sonstigen kulturellen Einrichtungen, um nur einige zu nennen. Es gibt aber eine Personengruppe, denen die erwähnten Gemeinschaften nicht mehr oder nur schwer zugänglich sind, weil sie sich körperlich nicht mehr sportlich betätigen können, weil sie politikverdrossen sind oder weil sie aufgrund ihrer körperlichen oder gar geistigen Schwächen nicht mehr an kulturellen Veranstaltungen teilnehmen können. Das betrifft die anteilmäßig immer größer werdende Gruppe der Alten, natürlich in erster Linie der *alleinstehenden* alten Menschen. Diese Gruppe, das ist jetzt meine ganz persönliche Einschätzung, die auf keiner wissenschaftlichen Grundlage beruht, diese Gruppe findet in der Kirche einen gewissen Halt, weil sie teilhaben kann an dieser Gemeinschaft, weil sie nicht allein und einsam, nicht vergessen ist. Die

Kirche ist für alle offen. Man benötigt weder Eintrittskarte noch einen Mitgliedsausweis. Um diese Gruppe zu unterstützen, bin ich Mitglied der Kirche und schätze sie." Sie hatte seinen Ausführungen mit Interesse gelauscht und dankte ihm für die Übermittlung seiner Sicht.

„Jetzt würde mich natürlich sehr interessieren, wie *Sie* ohne Gott durch das Leben gekommen sind. Aber es wird langsam dunkel. Wir sollten das Gespräch abbrechen und heimwärts gehen", sagte er. „Ich begleite Sie noch bis zum Parkplatz." Sie bedankte sich bei ihm. „Wenn das Wetter morgen wieder so schön ist und Sie Zeit haben, bin ich gerne bereit, Ihnen meine Ansicht zum Thema Leben ohne Gott darzulegen. Ich wünsche Ihnen einen guten Abend" sagte sie. Sie klappte ihren Rollator zusammen und verstaute ihn im Kofferraum ihres Autos. Darin einzusteigen, bereitete ihr sichtlich

Mühe. Ein kurzes Winken, dann fuhr sie davon. Er bestieg sein Fahrrad, nicht mehr so schwungvoll wie in früheren Jahren, aber es klappte. Beide fuhren sie zu ihrem Zuhause und waren wieder allein. Beide waren dankbar für das miteinander geführte Gespräch.

Nach seinem Motto „Carpe diem" hatte er, weil er das unverändert schöne Wetter ausnutzen wollte, eine etwas größere Tour durch den Forst unternommen. Dann traf er bei der Sitzbank ein, sie war zu seinem Bedauern leer. Er setzte sich nieder und genoss die wärmenden Sonnenstrahlen. Schon von weitem sah er sie mit ihrem Rollator kommen. Es schien ihr schwer zu fallen. Als sie endlich bei ihm war und sich ebenfalls auf die Bank niederließ, seufzte sie: „Gott sei Dank, ich hab es wieder einmal geschafft." Sie begrüßten sich. „Hatte sie eben Gott gedankt?" dachte er. Man sah Beiden an, dass sie sich über das Wiedersehen freuten, dass beide ihr Versprechen von gestern Abend eingehalten hatten. „Hatten Sie einen schönen Tag?" fragte er sie. „Ach Gott, das Leben bietet ja nicht mehr viel Höhepunkte in meinem Alter und meinem körperlichen Zustand. Die Putzfrau war heute bei mir. Immer eine angenehme Abwechslung. Man hat jemanden, mit dem man sich unterhalten kann. Und Sie haben eine größere Tour mit dem Fahrrad unternommen?", wandte sie sich an ihn. „Ich bilde mir ein, nein, ich bin wirklich überzeugt, dass mir die Bewegung gut tut. Der Körper muss gefordert werden. Sie wissen ja, wer rastet rostet, Und die Sonnenstrahlung soll ja einem Vitamin-D-Mangel vorbeugen." „Sie wollten mir heute Ihre Einstellung zur Gottlosigkeit erzählen. Haben Sie Lust? Ich wäre interessiert", sagte er nach einer Pause. „Gern. Zunächst einmal, ich glaube an keinen Gott, weil es nach meiner festen Überzeugung keinen gibt.

Wo soll er denn sein? Im Himmel? Mit weißem Bart? Für mich sind das alles Märchen." „Entschuldigen Sie. Sie verwechseln Gott mit dem Weihnachtsmann oder dem Nikolaus", wandte er ein. „Von einem Glauben an so einen Gott sollten wir Abstand nehmen, das ist bestenfalls Kinderglaube." „Ich brauche keinen Gott, für mich ist die Natur und das daraus entspringende Leben, die Schöpfung, das, woran ich glaube", sagte sie. „Nennen Sie es, wie Sie wollen: Natur, Schicksal, Zufall. An irgendetwas glauben Sie doch auch", fragte er sie. Aber wechseln wir die Begriffe. Hab ich Sie recht verstanden, dass Sie Religion jeglicher Art kategorisch ablehnen?" fragte er. „Ganz entschieden", antwortete sie. „Religionen haben doch unendlich viel Leid über die Menschheit gebracht. Denken Sie an die Religionskriege im Mittelalter zwischen Katholiken und Protestanten in

Deutschland. Teilweise gibt es bis auf den heutigen Tag noch Streitereien zwischen den so christlichen Religionen. Ich weiß, wovon ich rede. Ich bin in einer Stadt groß geworden, in der etwa die Hälfte der Bevölkerung katholisch, die andere evangelisch war. Der kleine Rest wurde ausgegrenzt. Dazu gehörte ich, ein Heidenkind! Ist diese Haltung christlich? Denken Sie an die heftigen, kriegsähnlichen Auseinandersetzungen zwischen der Republik Irland und Nordirland. Denken Sie an die Kämpfe zwischen Schiiten und Sunniten. Immer sind die unterschiedlichen Religionen die Ursache. Man sollte Religionen verbieten, ein für alle Mal, dann würde vielleicht Frieden herrschen." Die alte Dame hatte sich regelrecht in Rage geredet. „In diesem Punkt gebe ich Ihnen vollkommen Recht. Es muss eine friedliche Lösung zwischen den Religionen erreicht werden, wie es ja in Deutschland die evangelische und die katholische Kirche zum Teil schon praktizieren." Plötzlich fragte sie ihn: „Beten Sie eigentlich?" „Nein", erwiderte er. „Grundsätzlich nicht. Ich hätte, glaube ich, schon Schwierigkeiten, das Vaterunser-Gebet richtig aufzusagen. Der Konfirmandenunterricht, an dem ich teilgenommen habe, liegt schon einige Jahrzehnte zurück. Ich gehe auch nicht zum sonntäglichen Gottesdienst, weil ich mir zwar gern einmal die Predigten anhören möchte, wenn der Pastor oder Priester über aktuelle Dinge spricht und vielleicht eine ganz andere Sichtweise hat als ich, aber mit dem Drumherum, mit den Gebeten kann ich nichts anfangen. Ich bitte nicht Gott, dass er mir meine Sünden vergibt. Ich bemühe mich, selber gar keine zu begehen, ansonsten muss ich selbst vor meinem Gewissen damit fertig werden. Ich muss aber zugeben, dass ich in einigen Situationen um Hilfe oder für einen guten Ausgang nicht gebetet, aber einen guten

Ausgang erbeten habe. Wenn einem beispielsweise völlig unvorbereitet und unverhofft mitgeteilt wird, dass man einen bösartigen Tumor hat, oder wenn man bei einer Prüfung nicht sicher ist, dass man sie besteht: Sagen Sie dann nicht still zu sich selbst: Lass es ein gutes Ende nehmen!? An wen wenden Sie sich, wenn Sie denken und bitten „Lass es gut werden"? Liegen nicht bitten und beten oder gar betteln eng beieinander? Ich meine, es ist einerlei, ob ein Gott ‚es gut werden lassen soll' oder das Schicksal oder – wie Sie sagen – die Natur. Es ist etwas außerhalb unserer Reichweite. Uns wird unsere Unzulänglichkeit, unsere Ohnmacht bewusst. Um diese Schwäche zu überwinden, sucht der Mensch einen Halt. Er sucht eine Gemeinschaft, in der er sich geborgen fühlt. Und die bietet manchen, vor allem alten, einsamen Menschen die Kirche, wo sie sich mit Gleichgesinnten austauschen können und

Beistand erhoffen." „Nun bin ich fast zum Prediger geworden", meinte er entschuldigend. „Mit dem Streben nach Gemeinschaft, gebe ich Ihnen Recht", erwiderte sie. „Ich erleb das jetzt ganz hautnah. Ich bin seit Kurzem zweimal in der Woche beim ASB, wo wir uns unterhalten, miteinander Rätsel lösen, Gymnastik machen und Spiele zusammen spielen. Eine sehr schöne Abwechslung. Gott sei Dank, gibt es in Deutschland viele solcher Einrichtungen. Aber es müssen ja nicht unbedingt kirchliche Einrichtungen sein. Die Prozessionen der katholischen Kirche, das Beweihräuchern, das Niederknien, das mit gesenktem Haupt beten, alles das stößt mich ab. Auch dass man nur ehrfurchtsvoll leise sprechen sollte. wenn man eine Kirche betritt, selbst wenn sonst keiner anwesend ist. Dafür habe ich kein Verständnis. Warum darf ich in der Kirche nicht nach einer guten Predigt Beifall klatschen wie in einem

Musentempel? Ist das eine Freveltat? Steht das in der Bibel? Mag Ihr Gott keine fröhlichen Menschen?"

Er zeigte mit seinem ausgestreckten Arm über die Lichtung. Die Sonne war wie ein glutroter Ball inzwischen so weit untergegangen, dass sie scheinbar direkt über dem Horizont stand. Ein fantastisches Schauspiel. „Ich glaube, es wird Zeit zum Aufbrechen", sagte er. Sie sah es genauso. Er schob sein Fahrrad und begleitete sie zu ihrem Auto. Bevor sie sich trennten, sagte sie zu ihm „Wir haben an den beiden Abenden viel und Interessantes voneinander gehört. Ich glaube auch, wir haben uns gegenseitig verstanden. Es waren keine naturwissenschaftlichen Thesen, die sich nachweislich als richtig oder falsch erwiesen haben. Es ging nicht um Wissen, sondern um Glauben. Warum soll man nicht in Glaubensfragen unterschiedlicher Meinung sein. Ich habe durchaus ihre

Argumente verstanden und sie wohl auch meine. Viele angeschnittenen Fragen blieben unbeantwortet, viele Probleme nicht gelöst. Trotzdem bin ich dem Zufall dankbar, dass er uns zusammengeführt hat. Ich wünsche Ihnen alles Gute und fahren Sie vorsichtig", sagte sie. „Das Gleiche wünsche ich Ihnen. Bleiben Sie gesund. In meinen Augen sind Sie, obwohl sie es nicht sein wollen, eine bessere Christin als manch eifrige Kirchgänger. Ich danke Ihnen sehr für die beiden offenen Gespräche. Gute Heimfahrt."

Nach dem Sonnenuntergang war die Dämmerung schnell hereingebrochen. Sie mussten beide ihr Licht anstellen, als sie auf dem Forstweg nach Hause fuhren. Beide dachten „Wie gut ist es, wenn man sich mit einem anderen Menschen zusammensetzen und austauschen kann."Der Mensch ist wirklich ein Zoon Politikon.

Die Wilde Möhre

Jedes Jahr fuhr Familie Mohr im Sommer nach Tires, einem kleinen Bergdorf, nicht weit entfernt von Bozen in Südtirol. Ein gutes Dutzend Häuser gruppierten sich um die kleine alte Kirche. In früheren Jahren, als die Familie die ersten Male nach Tires fuhr, waren es überwiegend Bauern, von denen einige ein, zwei Zimmer für Sommergäste hergerichtet hatten. Den Familienvater, ein Apotheker, zog es immer wieder in die Alpen, zu den Almen, wo er mit seiner Familie Wanderungen unternahm und seinen beiden Töchtern Anke und Ingrid die vielfältige alpine Pflanzenwelt erklärte. Sie wohnten in einer Frühstückspension der zwischenzeitlich verwitweten Frau Schöpf. Ihr Mann war vor Jahren bei der Heuernte auf einer steil abfallenden Alm mit seinem Traktor tödlich verunglückt.

Jetzt wohnte Frau Schöpf hier allein mit ihren Töchtern Gabi und Traudel. Sie vermietete im Obergeschoss zwei nach heutigen Verhältnissen spartanisch eingerichtete Zimmer mit jeweils zwei Betten, einem Schrank, einem kleinen Tisch mit zwei Stühlen. Daneben stand ein Badezimmer mit Toilette für beide Zimmer zur Verfügung. Hier wohnte Familie Mohr seit vielen Jahren. Die Verpflegung kauften sie in einem kleinen Kolonialwarenladen im Ort. Andere Geschäfte gab es nicht. Morgens servierte Frau Schöpf ihren Gästen zur vereinbarten Zeit das Frühstück: Eine Kanne Kaffee, eine Glaskaraffe mit Milch, für jeden zwei Brötchen mit Butter, Honig und Marmelade. *Rote* Marmelade! Über die vielen Jahre, in denen die Apothekerfamilie dort ihren Urlaub verbrachte, gab es nur rote selbstgemachte Marmelade.

Die nähere und weitere Umgebung von Tires war wunderschön. In dem kleinen Ort gab es keinen Durchgangsverkehr, keine Zuganbindung. Auf den Almen um den Ort herum weideten die braunen Kühe mit ihrem unterschiedlichen Glockengeläut. Es herrschte eine friedliche vertraute Atmosphäre. Das einzige öffentliche Verkehrsmittel war der Postbus, der vor jeder Kurve der in den Ort führenden Serpentinenstraße sein Horn erschallen ließ. Sobald man dieses unten im Tal hörte, hatte man ausreichend Zeit, sich zu der Haltestelle zwischen dem einzigen Gasthof und der Kirche zu begeben. Der Bus kam herauf, machte in Tires eine viertelstündige Pause und fuhr dann die gleiche Strecke wieder hinunter ins Tal, um dann weiter talauswärts in ein weiteres Seitental einzubiegen und zu einem weiteren kleinen Bergdorf hinaufzufahren. Letztendlich endete die Fahrt in Bozen.

Wie Familie Mohr erging es vielen anderen Familien. Man kam in jedem Sommer wieder hierher nach Tires. Viele Urlauber kannten sich seit Jahren. Unter den Kindern hatten sich Freundschaften entwickelt, die erst endeten, als die Kinder nicht mehr mit ihren Eltern in Urlaub fahren wollten. Der Sommerurlaub bedeutete nicht nur Erholung, sondern eben auch ein Wiedersehen mit altbekannten Freunden. Mitunter schied eine Familie aus Altersgründen aus dem Kreis aus und jüngere Familien rückten nach. Die Eltern brauchten sich keine Sorgen um ihre Kinder zu machen. Alle kannten sich und achteten auch auf die Kinder der anderen Familien, wenn die Erwachsenen einmal eine längere Wanderung unternehmen wollten.

Diese gemeinsamen Ferien endeten jäh, als Frau Mohr an Krebs erkrankte, sich immer wieder Therapien unterziehen musste und nicht mehr reisen konnte.

Auch die Töchter kamen in ein Alter, in dem sie lieber mit gleichaltrigen Freundinnen in Urlaub fahren wollten. Als dann nach zwei Jahren Frau Mohr von ihrem Leiden erlöst wurde und starb, war das Thema Urlaub in den Bergen für Herrn Mohr abgehakt. Er war noch einige Jahre als Apotheker tätig und begnügte sich mit kleineren Urlaubsfahrten in die nähere Umgebung. Er fühlte sich nicht einsam. In der Apotheke war immer viel los. Er hatte gutes Personal. Die meisten Kunden kannte er seit Jahren. Er war gut ausgelastet, zumal er sich auch um sein leibliches Wohl kümmern musste. Das ständige Stehen in der Apotheke machte ihm aber zunehmend zu schaffen. Kurz vor seinem siebzigsten Geburtstag übergab er die Apotheke an eine Kollegin, die seit vielen Jahren bei ihm gearbeitet hatte. Jetzt war er allein. Ohne seine geliebte Frau, ohne seine Kinder, die zwar gelegentlich hereinschauten, sich aber letztlich um ihre eigenen jungen Familien kümmern mussten, ohne seine Kolleginnen und Kollegen und ohne seine ihm vertraute Kundschaft. Herr Mohr hatte noch viele ungelesene Bücher, er konnte endlich einmal Ordnung in seine große Dia-Sammlung bringen. Beim Betrachten der Urlaubsbilder wuchs der Wunsch, noch einmal nach Südtirol zu fahren. Er selbst hatte aber keinen Führerschein. In früheren Jahren hatte seine Frau das Auto gefahren. Und mit dem Zug die weite Reise zu unternehmen, schien ihm zu anstrengend.

Die Jahre vergingen. Er war jetzt Ende achtzig und hielt sich noch für relativ rüstig. Eine Haushälterin versorgte ihn in seinem Haus. Er freute sich, wenn ab und zu die Kinder oder die Enkel bei ihm hereinschauten und etwas Leben und Abwechslung in sein Haus brachten.

Über dreißig Jahre waren vergangen, seit Herr Mohr das letzte Mal mit seiner

Familie in Tires Urlaub gemacht hatte. Und doch schien ihm alles gegenwärtig. Er konnte sich den Ort noch gut vorstellen. Ob sich in der Zwischenzeit viel verändert hatte? Ob Frau Schöpf noch lebte? In den Jahren nach ihrem letzten Urlaub hatte sich Familie Mohr und Frau Schöpf noch regelmäßig Weihnachtskarten geschickt. Irgendwann war das dann eingeschlafen.

Jedes Jahr, wenn im Frühjahr die Natur erwachte und es wieder grün wurde, wuchs bei ihm der Wunsch, noch einmal nach Südtirol fahren zu können. Dieser Wunsch war seinen Töchtern natürlich nicht verborgen geblieben. Kurz vor seinem neunzigsten Geburtstag besuchte ihn seine jüngste Tochter Anke, inzwischen auch bereits Rentnerin, und fragte ihn, ob sie nicht seinen Geburtstag in Tires feiern wollten. Er war zunächst sprachlos. „Ich fahr Dich mit dem Auto dorthin", erklärte sie ihrem Vater. Er konnte es noch nicht fassen. Man sah ihm die Freude und Aufregung an. Dann entgegnete er „Aber Deine Familie und Ingrids Familie?" „Die Feier mit denen holen wir später nach" erwiderte Anke. „Also, wir fahren am Freitag los, übernachten irgendwo im Allgäu – ich suche im Internet noch nach einem geeigneten Hotel - und wir sind dann am Sonnabend in Tires. Zimmer im Hotel sind bereits gebucht. Einverstanden?" fragte Anke ihren Vater. „In Tires gibt es doch kein Hotel. Warum wohnen wir nicht bei Frau Schöpf?" „Vater" entgegnete seine Tochter „Frau Schöpf lebt nicht mehr, die müsste jetzt weit über hundert sein. Du wirst Tires auch nicht wiedererkennen. Dort sind mehrere Pensionen und ein Hotel neu gebaut worden. Auch gibt es ein Freibad und neue Spielplätze." „Und woher weißt Du das alles", fragte der Apotheker. „Alles

246

aus dem Internet." entgegnete seine Tochter.

Am vereinbarten Freitag holte Anke ihren Vater ab. Die notwenigen Sachen hatte sie zusammen mit ihm und seiner Haushälterin am Tag zuvor bereits gepackt. Am späten Nachmittag waren sie in Memmingen angekommen und übernachteten im Hotel „Goldener Hirsch", in dem Hotel, in dem Anke mit ihren Eltern früher auch häufig übernachtet hatte. Von außen hatte sich das Hotel kaum verändert, drinnen dagegen erkannte Anke nichts wieder. Alles war renoviert. Die Gaststuben hell und freundlich eingerichtet. Nach dem zünftigen Abendessen begaben sich Anke und ihr Vater zur Ruhe. Sie wollten am nächsten Tag zeitig weiterfahren. Wie es wohl in Tires aussah? Mit diesem Gedanken und nach der langen Fahrt waren beide schnell eingeschlafen. Über Füssen und weiter durch das Inntal gelangten sie nach Innsbruck, fuhren über die Brennerautobahn an Sterzing vorbei nach Brixen. Dort bogen sie auf die Landstraße nach Bozen ab. Eine kurze Wegstrecke weiter fuhren sie nach Osten in das Tal der Tireser Ache ab. Anke konnte sich noch gut erinnern, dass diese Straße früher eine schmale unbefestigte und ohne Leitplanken gesicherte Schotterstraße war. Jetzt war die Straße zwar auch noch sehr kurvenreich, aber ansonsten gut ausgebaut mit Leitplanken und genügend Ausweichstellen. An manchen Stellen, waren Lawinenverhaue errichtet worden, um den Verkehr im Winter sicherer zu machen. Bei Anke und ihrem hochbetagten Vater stieg die Spannung. Noch drei Kilometer! Dann führte die Straße auf einer breiten Betonbrücke auf die andere Seite der Ache. Früher überspannte eine schmale Holzbrücke, die mit einem Holzdach versehen war, die Ache. Noch ein

Kilometer! Wo waren die Kühe auf den Almen? Dann erweiterte sich der Talboden. „Luftkurort Tires" stand auf dem Ortsschild am Rande der breiten Straße, die auf der rechten Seite von Laternen flankiert wurde. Sie erkannten schnell die alte Kirche, die zwischenzeitlich neu gestrichen worden war. Daneben sah Anke das Hotel „Zur Sonne", in dem sie Zimmer gebucht hatte. Viele neue Häuser waren in den Jahren seit ihrem letzten Urlaub gebaut worden. Zahlreiche Bänke säumten die Straßenränder. Blumenbeete und Kübel überall an der Hauptstraße. Mehrere Geschäfte, ein *SPAR*-Laden und einige Restaurants, eine Pizzeria, eine Eisdiele. Alles neu! Anke und ihr Vater checkten im Hotel ein und bezogen ihre hübsch eingerichteten Zimmer. Als Anke ihre Sachen ausgepackt hatte, ging sie hinüber ins Nebenzimmer. „Ist das wirklich Tires?" fragte ihr Vater. „Ja" erwiderte

Anke „aber wir sind über dreißig Jahre älter geworden. Wir haben uns verändert und der Ort in der Zwischenzeit auch. Aber nicht zu seinem Nachteil, finde ich". Ihr Vater schien ganz anderer Meinung zu sein, schwieg aber. „Wollen wir heute Nachmittag einmal unser altes Quartier bei Schöpf aufsuchen?" fragte Anke. „Können wir machen. Wenn die Pension überhaupt noch existiert", meinte ihr Vater. Nach dem Mittagessen im Hotel machten sie sich auf den Weg. Anke musste ihren Vater stützen. Einen Rollator, meinte er, brauchte er noch nicht. Neben der Kirche führte damals ein schmaler und je nach Wetterlage sandiger oder matschiger Weg zum Haus der Familie Schöpf. Heute war der Weg asphaltiert und wie die Hauptstraße mit Straßenlaternen versehen. Anke erkannte das Haus sofort wieder. Im Vorgarten blühten zwischen anderen Blumen zwei große Sonnenblumen. Auf dem Schild

neben der Tür stand „Ebersbacher".
Wohnte hier noch eine der beiden Töchter
von Frau Schöpf. Die Tür wurde geöffnet.
Dort stand eine blonde Frau in mittlerem
Alter und schaute zunächst etwas
erstaunt. Dann brach es aus ihr heraus
„Anke", dann umarmten sich die beiden
Frauen. Dann begrüßte Gabi Ebersbacher
auch Herrn Mohr und bat beide herein.
Auch hier in der Pension hatte sich einiges
verändert. Das Treppenhaus war
verbreitert worden. Der Aufenthaltsraum,
in dem die Pensionsgäste der Familie
Schöpf früher gefrühstückt und abends
gespielt hatten, war jetzt das
Wohnzimmer. „Nehmt doch Platz"
forderte Gabi Anke und ihren Vater auf.
Sie stellte etwas Gebäck und zu trinken
auf den Tisch. Dann begannen die
Erzählungen. Gabi erzählte, dass ihre
Mutter vor gut zehn Jahren gestorben sei.
Bis zum Schluss hätte sie Pensionsgäste
gehabt. Zum Schluss jedoch zusammen

mit einer Hilfskraft, einer aus dem Kosovo zugewanderten jungen Frau. Sie selbst hätte gerade ihre Silberhochzeit gefeiert. Ihr Mann, der Hans Ebersbacher, leite das hiesige Touristenbüro. Ihre beiden Töchter studierten. Die jüngere Hannelore Zahnmedizin in Bozen, die Ältere, die Gudrun, Kulturgeschichte in Trient, machte aber zurzeit im Rahmen eines Studentenaustausches ein praktisches Jahr in Kanada. „Und ich selbst", sagte Gabi „ich bin Hausfrau und helfe zuweilen meinem Mann bei Büroarbeiten im Touristenbüro". „Dann hast Du keine Pensionsgäste mehr?" fragte Anke. „Nein, nein", erwiderte Gabi „schon lange nicht mehr. Als Mutter starb, war Schluss damit. Für sie war das ihr Lebensinhalt. Die Haushaltshilfe ihrer Mutter hätte noch versucht, die Pension weiterzuführen. Aber die Zeit hatte sich gewandelt. Die Gäste wollen heute mehr Komfort, mindestens Halbpension." Nach einigen

Umbauarbeiten wäre dann sie mit ihrem Mann und den beiden Töchtern hier eingezogen. Platz ist ja ausreichend vorhanden. „Und was macht Deine Schwester"? wollte Anke wissen. „Traudel war es hier in Tires zu eng. Sie wollte hinaus in die Welt, wie sie immer sagte. Sie hat Humanmedizin in Innsbruck studiert. Später in Graz promoviert. Während ihres Studiums hat sie auf einem Kreuzfahrtschiff als medizinische Hilfskraft angeheuert und dabei ihren späteren Mann kennengelernt. Nachdem sie in Graz ihr Studium abgeschlossen hatte, sei sie nach Memmingen in Bayern gezogen. Seit der Heirat wäre sie dort mit ihrem Mann in einer größeren Klinik tätig. Als ihre Kinder noch klein waren zunächst halbtags, jetzt aber wieder fulltime.

„Doch nun erzählt einmal, wie es Euch ergangen ist". Zu Herrn Mohr gewandt meinte sie „Sie haben sich wenig verändert, Herr Mohr" „Vielen Dank" entgegnete er schmunzelnd „Dann muss ich vor dreißig Jahren schon sehr alt ausgeschaut haben". Auch Anke erzählte von ihrer Familie, von ihren beiden Töchtern, die ihrerseits inzwischen verheiratet wären und beide jeweils zwei Töchter hätten. „Nur Mädchen!" entfuhr es fast vorwurfsvoll Herrn Mohr. Beiden Frauen war aufgefallen, dass Ankes Vater müde zu sein schien. Anke sagte deshalb zu ihrem Vater, ins Hotel zu gehen, damit er sich dort etwas ausruhen könnte. Die beiden Frauen verabredeten sich für den Nachmittag des folgenden Tages. Beim Abendessen im Hotel schlug Herr Mohr vor, am nächsten Vormittag eine Wanderung zu der Alm zu unternehmen, wo früher die vielen Wildblumen wuchsen. Herr Mohr hatte nicht nur Pharmazie studiert, sondern auch in Botanik promoviert. Die vielfältige Flora in den Alpen hatte es ihm besonders angetan. Seine Kenntnisse hatte er in früheren Jahren versucht, auch seinen Töchtern beizubringen.

Anke und ihr Vater hatten ihre Wanderschuhe angezogen, Herr Mohr seinen Wanderstock und seinen Rucksack mit dem Wichtigsten, wie er meinte, mitgenommen. Sie wanderten am Ende des Ortes über einen ausgeschilderten Wanderweg durch die bunten Wiesen. Nach einer guten Stunde lud eine Holzbank zum Verweilen ein. Vater und Tochter setzten sich. „Ich meine mich zu erinnern, dass wir hier früher auch zuweilen Rast gemacht haben", meinte Herr Mohr. Plötzlich erkannte er auf der Wiese eine bestimmte Pflanze. „Siehst Du dort die Pflanze mit der doldenartigen Blüte? Pflück doch bitte eine davon." Anke knickte eine der Blüten ab und gab sie ihrem Vater, der trotz seines hohen Alters noch erstaunlich gute Augen hatte. „Weißt Du noch, wie die heißt"? Anke schüttelte mit dem Kopf. „Das ist die Wilde Möhre, sie gehört zu den Doldenblütlern. Mitten in der weißen Blütendolde siehst Du eine schwarze Einzelblüte, eine sogenannte Trugblüte. Ein Trick der Natur. Die schwarze Einzelblüte soll ein Insekt vortäuschen und damit andere Insekten anlocken, um die Bestäubung der Pflanze zu verstärken. Das hab ich Dir aber bestimmt damals bereits erzählt", meinte er zu Anke gewandt. Er blickte über die Alm. „Wie früher". Er war von der Wanderung müde geworden und schloss die Augen. „Wie früher", murmelte er. Auch Anke war froh, dass sie sich kurz ausruhen konnte. Sie musste kurz eingeschlafen sein. Als sie wieder aufwachte, erschrak sie plötzlich. Ihr Vater atmete nicht mehr. Sie schrie ihn an „Vater wach auf!" Aber ihr Vater schien friedlich und in Erinnerung an frühere Zeiten für immer eingeschlafen zu sein. Sie meinte, ein leichtes Lächeln in

256

seinem Gesicht zu erkennen. Glücklicherweise hatte Gabis Mann ihr seine Karte als Leiter des Touristenbüros gegeben. Sie wählte mit ihrem Smartphon die angegebene Rufnummer. „Touristenverein Tires. Sie sprechen mit Herrn Ebersbacher". Anke erzählte Gabis Mann das Geschehene. „Machen Sie sich keine Sorge. Bleiben Sie bei ihrem Vater. Ich kenne ihren Standort. Der Rettungsdienst wird in Kürze bei Ihnen sein." Anke hatte sich während des Wartens den Inhalt des Rucksacks ihres Vaters angesehen. In der Brieftasche lag ein handgeschriebener Zettel. „Hier zwischen den Tiroler Bergen möchte ich für ewig ruhen. Dies ist mein letzter Wille. Ich liebe Euch." Sie konnte ihre Tränen nicht zurückhalten. Es war wohl keine halbe Stunde vergangen, da kam Gabi den Weg zu ihr hinaufgeeilt. Ihr Mann hatte sie umgehend informiert. Sie nahm Anke in den Arm und versuchte sie zu trösten.

Anke zeigte Gabi den Zettel aus dem Rucksack. „Hierher zu kommen und sein Leben zu beenden und hier bestattet zu werden, war wohl tatsächlich sein letzter Wunsch." Kurz darauf kam ein kleiner Geländewagen herauf zu der Bank. Der mitfahrende Notarzt konnte nur noch den Tod des Apothekers bestätigen. Die beiden Bergretter drückten Anke ihr Beileid aus, legten den Leichnam in eine große schwarze Tasche, schlossen den Reißverschluss und luden die schwere Tasche in den Geländewagen. „Wir fahren den Verstorbenen zum Beerdigungsinstitut in Tenz unten im Mattental", sagte einer der Bergretter zu Anke. Dann fuhr der Wagen den Weg zwischen den blühenden Wiesen hinunter ins Tal. Anke hakte sich bei Gabi unter, und beide gingen den Weg zurück nach Tires.

Vom Hotel aus rief Anke zunächst ihre Schwester in Memmingen an und verständigte dann ihren Mann und ihre

Kinder. Dann klopfte es an der Tür. „Willst Du zum Abendessen zu uns hinüberkommen, wir würden uns freuen", fragte Gabi. Anke nahm das Angebot dankend an. Sie machte sich noch etwas frisch und folgte dann Gabi. „Konnte der Notarzt schon etwas über die Todesursache sagen?" fragte Gabis Mann. „Nein. Darüber habe ich mir überhaupt keine Gedanken gemacht. Ich denke, er ist eines natürlichen Todes gestorben. Ich war ja bis zum Schluss bei ihm." „Du sagtest, Du hättest auf der Bank auch ein kurzes Nickerchen gemacht. Rein theoretisch könnte Dein Vater vor Dir aufgewacht sein und ein Mittel eingenommen haben, das zu einem raschen Tode führte. Es war, wie auf dem Zettel stand, sein letzter Wille, dort zu sterben. Dein Vater war Apotheker!" Anke machte sich Vorwürfe, dass sie eingeschlafen war.

Nach dem Abendessen informierte sich Anke bei Gabi und ihrem Mann, ob eine Beisetzung auf dem Friedhof neben der Kirche in Tires wohl möglich wäre. Gabi meinte zu wissen, dass es in dem an den Friedhof angrenzenden Wald auch einen Friedwald gäbe, in dem eine Beisetzung unter alten Zirben ohne Grabstelle möglich sei. Näheres könnte sie jedoch beim Beerdigungsinstitut in Tenz erfahren. Als eine gewisse Entspannung eintrat, plauderten sie über frühere Zeiten, als sie als kleine Mädchen zusammen mit Nachbarskindern gespielt und manches angestellt hatten. Dann ging Anke hinüber ins Hotel. Sie rief ihre Schwester Ingrid an und fragte sie: „Wollen wir Vaters Wunsch erfüllen und ihn hier in Tires beisetzen lassen?" Ingrid willigte sofort ein, zumal das Grab ihrer Mutter bereits aufgelassen worden war. Dann erzählte Anke von der Überlegung von Gabis Mann, dass sich ihr Vater möglicherweise selbst getötet haben könnte und ob nicht durch eine Obduktion die wirkliche Todesursache erkundet werden sollte. Ingrid meinte nach einer gewissen Überlegungszeit, wem die Klärung dieser Frage nützen würde. Der Wunsch des Vaters, dort in den Bergen zu sterben und bestattet zu werden, diesen letzten Wunsch sollten wir respektieren und erfüllen. Anke versprach ihrer Schwester so lange in Tires zu bleiben, bis alle Formalitäten erledigt seien, und die Frage zu klären, ob eine Beisetzung im Friedwald möglich sei. Nach fünf Tagen war alles geregelt. Eine Trauerfeier in der alten Kirche in Tires sollte in drei Wochen stattfinden. Statt zugedachter Blumen hätte sich Herr Mohr über eine Spende an die Deutsche Krebshilfe sehr gefreut.

Drei Wochen später versammelten sich die Familien der Töchter und einige Freunde und Bekannte des Verstorbenen in Tires. Zusammen mit der Familie

Schöpf nahmen sie an der kirchlichen Trauerfeier teil und geleiteten dann die Urne mit den sterblichen Überresten des Apothekers zum Friedwald. Die Urne wurde von dem Geistlichen in ein kleines Erdloch in den Waldboden herabgelassen. „Wir verabschieden uns heute von Dr. Wilhelm Mohr, Apotheker und Botaniker, den viele Ältere in Tires gekannt haben und nicht vergessen werden. Er hat sich um unsere Heimat verdient gemacht. Wir werden ein ehrendes Andenken an diesen Naturfreund bewahren." Nach einem kurzen stillen Gedenken, ergriff Anke das Wort. „Der große Wunsch unseres Vaters, Großvaters und Freundes ist in Erfüllung gegangen. Hier in den Bergen in Südtirol, wo er und unsere Mutter mit uns Kindern so interessante Wanderungen unternommen haben, wo wir bei der Familie Schöpf mit ihren Töchtern so schöne Ferien verlebt haben, hier soll er jetzt seine letzte Ruhe finden. Als großer

Pflanzenkenner und Liebhaber der Bergwiesen hat er sich keine floralen Grabbeigaben gewünscht. Für ihn waren geschnittene Blumen tote Geschöpfe. Er liebte die lebendige Natur. Kurz vor seinem Tode bat er mich oben auf der Alm, wo wir auf einer Bank Platz genommen hatten, eine Pflanze zu pflücken, die er mir erklären wollte. Diese Blüte soll ihn auf seinem letzten Weg begleiten." Anke ließ die Dolde auf die Urne hinabfallen. Wie die anwesenden Trauergäste um die kleine Grabstelle mit der schwarzen Urne herumstanden, so umschlossen die weißen Blüten die schwarze Blüte in der Mitte der Dolde, der Blüte der Wilden Möhre.

Nachwort

Einige Erzählungen knüpfen an wahre Erlebnisse und Ereignisse an, andere entsprangen der Fantasie des Autors.
Die Personen und ihre Handlungen sind – von wenigen Ausnahmen abgesehen - frei erfunden. Das Gleiche gilt für manche Vorgehensweisen und Ermittlungen staatlicher Organe. Auch einige geografische Angaben sind fiktiv.

Meiner Familie sowie Freunden und Bekannten, die vorab einzelne Erzählungen oder mein erstes Buch mit dem Titel „Eisgang auf der Elbe" gelesen haben, danke ich für die Empfehlung, weitere Erzählungen mit diesem zweiten Buch vorzustellen.
Mein besonderer Dank gilt meiner Tochter Astrid Kuhnen, die mich bei der Organisation der Erstellung dieses Buches wiederum tatkräftig unterstützt hat.
Ferner danke ich Thea Moog, die mich durch ihre Schilderung eigener Erlebnisse zum Schreiben der letzten Erzählung in diesem Buch inspiriert hat.

Der Autor

Helmut Schwarz wurde 1935 in Neumünster in Schleswig-Holstein geboren. Er studierte in Kiel, Hamburg und München Volkswirtschaftslehre und war während seiner Berufszeit bei einer Mineralölgesellschaft in Hamburg tätig. Mit Eintritt in den Ruhestand widmete er sich bei seinen zahlreichen Reisen dem Filmen. Während der Einschränkungen durch die Corona-Pandemie begann er, zunächst unter dem Pseudonym Tom Zrawsch, kurze Erzählungen ganz unterschiedlicher Genres zu schreiben. Einige dieser Erzählungen sind in dem im Jahr 2024 erschienenen ersten Buch des Autors mit dem Titel „Eisgang auf der Elbe" enthalten. Weitere Erzählungen sind Inhalt dieses zweiten Buches.
Helmut Schwarz lebt mit seiner Frau seit den 1970er Jahren in Hamburg-Rissen.